中國語言文字研究輯刊

十四編

許錟輝 主編

第 5 冊

南宋李從周《字通》研究（上）

王世豪 著

花木蘭文化事業有限公司

國家圖書館出版品預行編目資料

南宋李從周《字通》研究（上）／王世豪 著 －－ 初版 －－ 新北市：

花木蘭文化事業有限公司，2018〔民107〕

目 2+152 面；21×29.7 公分

（中國語言文字研究輯刊 十四編；第 5 冊）

ISBN 978-986-485-267-3（精裝）

1. 字通 2. 研究考訂

802.08   107001295

中國語言文字研究輯刊

十四編　　第 五 冊　　　　　ISBN：978-986-485-267-3

南宋李從周《字通》研究（上）

作　　者　王世豪

主　　編　許錟輝

總 編 輯　杜潔祥

副總編輯　楊嘉樂

編　　輯　許郁翎、王　筑　美術編輯　陳逸婷

出　　版　花木蘭文化事業有限公司

發 行 人　高小娟

聯絡地址　235 新北市中和區中安街七二號十三樓

　　　　　電話：02-2923-1455 ／傳眞：02-2923-1452

網　　址　http://www.huamulan.tw 信箱 hml810518@gmail.com

印　　刷　普羅文化出版廣告事業

初　　版　2018 年 3 月

全書字數　250637 字

定　　價　十四編 14 冊（精裝）　台幣 42,000 元　　版權所有·請勿翻印

南宋李從周《字通》研究（上）

王世豪　著

作者簡介

　　王世豪，臺灣臺中人。東吳大學中國文學研究所碩士。就讀東吳大學中文研究所時，師從許錟輝先生研習文字訓詁及尚書史傳之學。以「南宋李從周《字通》研究」獲得碩士學位。

　　研究領域主要以歷代字書、語言文字訓詁學與經學、文獻學爲主，兼及辭典編纂、字樣學。

　　曾任教於東吳大學、中原大學、雲林科技大學、臺灣海洋大學等校，目前爲臺灣師範大學共同教育委員會國文組兼任助理教授，擔任國文等博雅通識課程之教授。

提　要

　　本論文以南宋李從周所著之《字通》作者李從周爲研究主題，蒐羅《字通》之相關材料。分以版本、著錄、序跋、提要、研究論述等種類，考證《字通》其書之流傳。另以李從周其人之有關文獻輯考，探查其生平經歷與師友交遊情形，並檢閱材料中具有李從周論學之篇章、論著，分類彙整、考證其說法、內容，討論其學術風格與特色。

　　論文就該字書《字通》之內容編輯體例與考證辨析爲核心，推究其分類體例之來源、編排之層次、形式，比較其序字體例，並討論體例與內容之性質與關係。再者探討本文與附錄之訓詁說解體例。並首先考證《字通》89 類分類屬字的內容，析分其構形要素、類型，董理取形歸類的方法，建構《字通》分類構形之體系。董理《字通》「從此」、「如此作」兩種主要的文字繫屬類型，還原這些文字在《說文》的形體結構說解，考證其形體推源的方式，建立《字通》形體推源之系統。最後辨析《字通》本文與附錄中辨正文字形體與俗別的材料，劃分其形近相似字形之種類，討論《字通》辨似與字樣之觀念。

　　最後以李從周其人與學，從歷代筆記、雜記、紀聞、文集、譜錄、學案等材料中所輯考出作者湮滅於卷帙之相關文獻與學術論述。

目

次

凡　例

一、本論文所據之《字通》版本爲《知不足齋叢書本》。

二、本論文於第二章〈文獻篇〉中的「版本」、「著錄」、「序跋」、「提要」皆以
　　撰述者年代先後爲排列順序；「研究論著」之次序以民國初年前輩學者爲
　　先，以台灣現當代學者、師長爲次，最後收錄中國大陸學者之相關考論著
　　作，依此順序排列之。

三、本論文對業師尊稱老師，其他學者師長一律稱先生，清代以前作者則省略。

四、本論文所引用之典籍，行文中皆以通行長用之簡稱，例如〔漢〕許愼撰、
　　〔宋〕徐鉉校訂之《說文解字》，簡稱《說文》；〔清〕段玉裁注：《說文解
　　字注》，簡稱《段注》；〔宋〕陳彭年等編：《大廣益會玉篇》簡稱《玉篇》；
　　〔宋〕陳彭年等編：《大宋重修廣韻》簡稱《廣韻》；〔南朝梁〕顧野王著：
　　《原本玉篇殘卷》，簡稱《玉篇零卷》等。於注解中則以全名以利查詢檢
　　索。

五、本論文所使用討論字形結構分類的用語，云「形構」者指文字之形體結
　　構；云「構形」者是指文字之結構類型；云「部件」者是指字形結構最基
　　本的單位，且本文爲了不與傳統之部首、形、音、義符等概念相混，此處
　　部件純以不含意義之形體點畫偏旁之性質限定之。云「隸變」者是指漢字
　　由篆文轉變成隸書以後書寫形體的過程；云「楷定」者是指篆文演化作楷
　　書之形體。

· 凡例 2 ·

六、本論文所討論有關形體推源的內容時，在分析該字原本《說文》解釋之形、
音、義符結構時，以推本《說文》從「某」或從「某聲」爲用語。

七、本論文爲便於閱讀，筆者之意見與討論均標記「世豪案」。

第一章 緒 論

第一節 研究動機與目的

一、研究動機

　　宋代文字學、小學的研究，較之清代文字音韻訓詁之探討，在比例上歷代闡發清季樸學之文夥，探討宋元明字學之論少。一者，是因為宋人小學並不是當世之主流學術，所以學者研究宋代學術，多重視其心性哲理之學；二者，是可供研究的材料除了幾本重要的字書、韻書，以及一些編制不大的小型字書外其於散錄於筆記、雜記中的論述並未成篇，研究的對象多限於重要的字韻書，其他則尚缺乏整理，故也缺少相應之研究。筆者欲以宋代為斷限，以文字學相關著述為範疇，重新檢視此一時期小學研究之成果。

　　宋代朝廷重文治，輕武功的政策之下，文人晉升仕途、獲得社會上的地位與許多優惠措施，在社會結構上逐漸形成一個文人知識分子的階層，這個階層中不再只是原本的世家貴族，也加入庶民的成分，所以對於傳統的學術並沒有家學等觀念的束縛，且宋代的學風承自中晚唐韓愈、啖助的疑經之說，對於學術研究呈現出一種懷疑、更改的心態，所以此時形成一股以知識分子為主的文化，也由於這種文化的產生，知識份子對於漢唐經學開始進行重新的思考與研究，而對於依附在經學之下的文字音韻訓詁之學也逐漸產生不一樣的新說。在

這種時空環境背景之下，文字學的研究大抵上展現在訂正字樣之學、《說文》六書之學、金石古文之學等方面。孔仲溫先生在〈宋代的文字學〉一文中將此時期的文字學研究發展情形歸納成「御敕修纂的字書」、「振衰起敝的說文學」、「承流正俗的字樣學」、「勃然興盛的金石文字學」、「新奇矚目的文字論」等五項，〔註1〕這五個面向比較完整地呈現出宋代文字學的面貌，筆者茲循這個角度出發，對宋代小學著述進行考察。

從歷代的書目及著錄中，筆者發現南宋李從周與其所撰《字通》一書，在以往的語言學史和文字學論文中，多從其書的某一面向研究論說，如黃侃的〈論字書編制遞變〉、陳燕〈字通部首檢索系統研究〉以字書部首檢索的角度論其對字書檢索編輯方式的轉變與革新；而呂瑞生《歷代字書重要部首觀念研究》、陳燕〈字通在部首法轉變過程中的地位〉則透過對《字通》89分類構形體系的觀察，討論了自《說文》540部首的形義系聯方式，演變到《字通》以楷字形體分類的歸納方法的情形，將原囿於形音義結構的部首，改革為以點畫偏旁的形體部件作為分類繫字之依歸，成為後來《字彙》據形而分的214部首之先驅；另外孔仲溫〈宋代的文字學〉、曾榮汾師《字樣學研究》、陳姞淨《佩觿字樣理論研究》則就字樣學的角度審視《字通》，其中曾師進一步地分析了其尊崇《說文》辨正俗譌的性質，點出了《字通》在辨似字樣的歷史地位與學術價值；最後則是劉葉秋《中國字典史略》、張其昀《中國文字學史》、施岩《字通研究》等中國大陸的學者之論說，主要是從漢字在隸變以後形體演變狀態的立場，分析其89類的結構與收字構形之內容。其中雖有「字樣」之論，但就其所談及的研究內容，實只從漢字形體學的學理探討《字通》收字取形歸類情況。

從以上這些研究論述中得知，各家前輩學者已經分別從各個角度對《字通》一書提出各種發見與論說，但尚缺乏全面地研究分析。本師　許錟輝先生曾教導學生云：碩士班學生撰作研究論文當以整合材料，證成學理為本，本立而道生，才有未來創造發現之可能。今學生謹遵師訓，欲彙整前輩諸說，重新析分《字通》之內容，並探討李從周其人與其學。

〔註1〕孔仲溫：〈宋代的文字學〉，《國文天地》（台北：國文天地雜誌社，1987年），第3卷3期，頁73。

二、研究目的

本論文之研究目的有五：

第一，彙整前人之論與歷代著錄材料，統合評述，析分性質條理，以明當前《字通》之史料與研究概況。

第二，查考李從周本人之生平、居處、交遊與學述，以管窺宋季文字學發展之情形及李氏爲學之樣貌，作爲研究《字通》撰著背景之輔弼。

第三，考究李從周編輯《字通》之觀念與方法，釐清此帙體例之層次、形態與性質關係，以明其經緯綱目。

第四，分析《字通》分類屬字之內容，探求 89 類之分類構形體系、605 篆之形體推源系統之條理以及論述文字形體結構的隸變現象、形近訛混之辨似，並討論其辨正俗別的字樣觀念，以明《字通》內容之編制與學理。

第五，總合前述四項，證成前人之說，辨析《字通》之闕誤與貢獻，以明李從周與《字通》在文字語言學發展史上的貢獻與價值。

第二節　前人研究述評

本節旨在對歷來有關《字通》之論述及研究資料進行彙整，並分析其論述型態與研究內容，以呈現出歷代對於《字通》的看法與評價。筆者將宋代以來各家所載錄、記述的材料進依其性質分作「序跋提要」、「論述」二項，藉由對於這二項材料的考述，試圖了解歷來對《字通》此書性質的定位和對其內容體例的研究情況，並從中觀察分析各家論說之意識偏向，以明白在《字通》一書的研究概貌及存在的問題，並針對之前已探討但認知有缺誤與尚未探討之處，進行綜合的評述，作爲本論文研究撰作方向的參考。

本節分爲兩部分，其一概述《字通》相關的研究文獻；其二針對前述之內容進行評析。

一、研究文獻概述

《字通》的研究文獻，依其性質可以分作二項，第一是爲該書所作之序跋，這些序跋中的論述皆涉及了《字通》的內容以及作者李從周之學術背景，由其是對於內容的討論，實有助於目前研究《字通》的參考，再者是各家在編輯書目時，收錄《字通》所作之內容提要，這些說明乃針對該書之內容而作，討論

的範疇多聚焦於《字通》分類編輯的體例上，有益於本論文第三章對於該書編輯體例之研究；第二爲散論於各種文字語言學專著或研究論文的論述，這些考論多本於其原來寫作之方向，所以對於《字通》的討論皆由作者本身研究角度的不同，而對《字通》有不一樣的論述角度，這些說法材料對於本論文在第四章考證《字通》的分類構形體系、形體推源系統和辨似字樣觀念時，有所助益，故以下茲從序跋、提要、論述爲序，分述討論之。

（一）序跋題要

1、〔宋〕魏了翁〈字通序〉

書有六體，或指其事，或象其形，或諧諸聲，或會以意，或轉注相授也，或假借相成也。凡以極天地萬物之變而與八卦九章竝行於兩閒者也。古之教必由小學，將以參稽象類，涵養本初，爲格物求仁之本。如此，兵法遠交近攻，具有次第。其在學者孰非所當知，而後世師友道缺高者，騖於上達；卑者，安於小成，於是禮樂射御數，咸失其傳焉。乃有以書學名者，則僅出於一伎一能之士，而他亡所進也，余病此已久。一日，彭山李肩吾以一編書示余，大較取俗之所易諭而不察焉者，以點畫偏旁粹類爲目，而質以古文，名曰「字通」。凡余所病於俗者，皆已開卷瞭然，徐而卽之，則肩吾蓋嘗博觀歷覽而能返諸義理之歸者也。嗚呼！斯豈一伎一能者比乎！肩吾請敘所以作，余又謂之曰：子之爲是也。傷小學之湮微而古文之不復見也。雖然子亦知其然乎！自秦斯、高以來，是學也，往滯於偏旁訓詁而不知大學之歸，故非徇末以流於藝，則必曲學以誤身，且自近世博通古文，宜莫如夏文莊，以會意一體，貫通六書，王文公亦自謂有得於今文矣！迨其所行，俱不若未嘗知書者，遂使世以書爲不足學，此豈書之罪耶？范忠文、司馬文正《類篇》之作，比音擇字，其明於五音之輕重，八體之後先，視夏若王殆若過之而學術行誼爲世標表，蓋二老緣下學而充之者也，夏若王則酖文字滯佔畢以終其身焉耳，肩吾其必有擇於斯矣乎！肩吾曰：善其遂以識諸篇端也。肩吾名從周。嘉定十有三年，夏六月，癸酉朢，白鶴山人魏了

　　翁書。〔註2〕

此篇載於目前通行的知不足齋叢書本《字通》（以下簡稱「知」本）以及明代錫山安國刊刻的《鶴山先生大全文集》（以下簡稱「鶴」本），但二篇內容有所出入，茲條列比較如下：

　　（1）「知」本：「古之教必由小學」一句，在「鶴」本多兩個字，作：「古之爲教必由小學者」。

　　（2）「知」本：「爲格物求仁之本」一句，在「鶴」本作：「爲格物知數，求仁入德之本」，多「知數」與「入德」四字。

　　（3）「知」本：「此如兵法遠交近攻，具有次第」之「具」字，在「鶴」本誤作「貝」字。

　　（4）「知」本：「其在學者，孰非所當知」，「鶴」本顚倒作「其學在者」，語意不通。

　　（5）「知」本：「而後世師友道缺，高者鶩於上達；卑者安於小成」，「缺」字「鶴」本作「闕」，誤「上達」爲「上違」。

　　（6）「知」本：「於是禮樂射御數，咸失其傳焉」，「鶴」本則作「礼樂射御書數」，以後者爲常用之辭。另外「鶴」本「禮」作簡體之「礼」。

　　（7）「知」本：「乃有以書學名者，則僅出於一伎一能之士，而他亾所進也」，「鶴」本此處「學」作「孝」、「亾」作「亡」，用字不同。

　　（8）「知」本：「余病此已久」句，在「鶴」本則較長，作：「余每病於此，惡欲發明文字之本始，聊以亂思醜類爲用力之端，本而未能有述焉」，後句進一步說明魏了翁對當時文字學觀念錯亂之病，有意作整理之工作，但未有著述，較前句論述詳細，且語氣上得銜接下句李從周獻上《字通》一書，恰了魏了翁之心願。

　　（9）「知」本：「一日彭山李肩吾以一編書示余」，「鶴」本則於「李肩吾」後再加其名「從周」。

　　（10）「知」本：「以點畫偏旁，粹類爲目」，「鶴」本「旁」作「旁」，「粹」作「稡」。

〔註2〕〔宋〕魏了翁：〈字通序〉，《字通》，《中華漢語工具書書庫》（合肥：安徽教育出版社，2002年），頁421～422。

（11）「知」本：「凡於所病於俗者，皆已開卷瞭然，徐而卽之」，「鶴」本「已」誤作「以」，「徐而卽之」作「留與語句有七日」，說法有別。

（12）「知」本：「則肩吾葢嘗博觀歷覽，而能返諸義理之歸者也」句，「鶴」本「葢」作「盖」、「歸」作「帰」，前段作「博觀千載，歷覽八紘」。

（13）「知」本：「嗚呼！斯豈一伎一能者比乎。肩吾請敘，所以作」句，在「鶴」本則作：「嗚呼！斯豈爲學，豈以一伎一能而可名者比乎。肩吾行屬余敘，所以爲書，將與學者共之」語意較爲詳盡。

（14）「知」本：「是學也，往滯於偏旁訓詁而不知進於大學之歸」句，在「鶴」本則「旁」作「旁」、「歸」作「帰」，而全句作：「是學也，往往滯於偏旁訓故而不知進於明德止善之帰」，將「訓詁」作「訓故」，不言「大學」而言其內容之旨「明德止善」。

（15）「知」本：「且自近世博通古文，宜莫如夏文莊。以會意一體貫通六書，王文公亦自謂有得於今文矣。迨其所行，俱不若未嘗知書者。遂使世以書爲不足學」句，在「鶴」本「自」作「曰」、「迨」作「逮」、「體」簡作「躰」，另「博」誤作「傳」、「王」誤作「三」。查「知」本在「王文公」一段以後接「迨其所行」，似乎言有未盡之處，見「鶴」本之句可得其言較爲詳盡，作：「且曰近世傳通古文，刊別声韻，宜莫如夏文莊也。逮其所行，曾不得一字之力；以會意一躰貫通六書，三文公亦自謂有得於今文矣。而施諸有政，則反不若未嘗知書者。遂使世謂書學爲不足多問，非書學果亡益於入也」，較清楚的說明了王安石以會意說字的觀念，加諸於政策科考的推行，使得時人認爲文字之學不須深研，呈現了當時文字學學風之萎靡，比「知」本之語更爲明白。

（16）「知」本：「范忠文、司馬文正《類篇》之作，比音擇字，其明於五音之輕重，八體之後先，視夏若王迨若過之」句，「鶴」本「五音」作「宮羽」、「八體」作「篆籀」、「迨若」作「迨有」。

（17）「知」本：「而學術行誼爲世標表，葢二老繇下學而充之者也」句，「鶴」本「學」作「孝」、「葢」作「盖」與上述相同，另「繇」作「由」，且後段作：「由下學小成而充之者也」，多「小成」二字。

（18）「知」本：「夏若王則翫文字滯佔畢以終其身焉耳」句，在「鶴」本則全據說明較爲清楚，作：「夏若王則滯佔畢而不知充之以是也，終其身焉者也」。

（19）「知」本：「肩吾曰：『善其遂以識諸篇端也。』」在「鶴」本作：「肩吾曰：『善非子不足以發子，其遂以此併識于篇端也，於是乎書。』」將李從周撰作《字通》的動機詮釋地較爲明白。

（20）最後「知」本：「肩吾名從周，嘉定十有三年，夏，六月，癸酉，朢。白鶴山人魏了翁書。」則「鶴」本並未註明此序之撰作時間。

從上述知不足齋本與《鶴山先生大全文集》的〈字通序〉之比較，各自皆有優劣。首先在知不足齋本的序言裡，可以發現其通篇語意較爲簡要，但是也由於此原因，一些語句便有斷漏不足之感覺，但是用字嚴整，版刻精緻，據上述版本所考，此乃清代黃戉謄抄自明代毛氏汲古閣影宋本而來，後又請人校訂，爾後又刻入鮑廷博知不足齋叢書中。《鶴山先生大全文集》中的序，此版爲明代錫山安國所重刊，版刻文字錯誤較多，且用字有簡俗之體，整體上看來較粗疏，但是探究內容，則可以發現此版語意較爲清楚，語句較爲詳盡，有助於了解魏了翁撰作此序之態度以及《字通》成書之背景。

2、〔宋〕虞兟〈字通跋〉

紹定庚寅，兟親迎于靖先師鶴山魏先生講席之暇，授以李君肩吾所類《字通》一編，其義則見於先生敘所以作矣！末學後進敢復贅詞，因惟先生嘗謂：字書始一終亥，其形也。始東終灋，其聲也。許叔重元無反切，後人漸加附益，至徐鼎臣始以孫愐《唐韻》切爲定。自音切行，人以爲便於檢閱，而不知字之本乎偏旁。故李巽巖初作《五音譜》以許叔重部敘爲之，後以示虞仲房，仲房乃支用徐楚金《韻譜》，巽巖謂若偏旁一切都置，則字之有形無聲者，豈不愈難檢閱，雖從仲房而巽巖實不以《韻譜》爲然，故後敘要自別行其《五音韻譜》乃賈端修所定。蜀前輩如巽巖雷意字學，不苟若此。兟雖不敏，常事斯語而願學焉。幸寶藏此編得逃刼爐用鋟諸梓以壽，其傳並記所聞，將與承學之士共之。寶祐甲寅，秋八月，丁丑，雝國虞兟謹識。[註3]

此篇跋語中虞兟云「因惟先生嘗謂」以下之語，筆者考其出處，發現此段話乃見於魏了翁門人稅與權所編之《鶴山師友雅言》，內容謂：「字書始一終亥，

[註3]　〔宋〕虞兟：〈字通跋〉，《字通》，頁449。

其形也；始東終法，其聲也。許叔重元無反切，後人漸加附益，至徐鼎臣始以孫愐《唐韻》切音為定。自音切行，人以為便於檢閱，而不知字之本乎偏旁。故李巽巖初作《五音譜》以許叔重部敘為之，後在遂寧出示虞仲房，乃改用徐楚金《韻譜》。巽巖謂偏旁一切都置，則字之有形無聲者，豈不愈難檢閱，雖從仲房，而巽巖實不以《韻譜》為然。故後敘自要別行，其《五音譜》乃賈端修所定。蜀前輩如巽巖，字學甚深。」〔註4〕可以知道虞㭎引述魏了翁討論李燾之《說文解字五音韻譜》的編輯始末，與元至正二十四年（1364）吳郡金氏刊本的《鶴山師友雅言》所載大抵相同。

3、〔元〕虞集〈題李肩吾字通序〉

> 李君肩吾在魏文靖公之門，有師友之道焉。是以公序其《字通》，取其自隸楷而是正於六書，又進之以學，使極變化而通神明者。魏公書後題字則集之從祖父，戶部府君，而魏公之婿也。魏公歷靖州七年，先戶部從之學，故亦與肩吾友善，多所講明也。今隸楷之法亦且寂寥，又能錄其文與六書合誠切用矣。自叔重所錄以來，二徐之言詳矣。至戴侗氏《六書攷》盛行于世，凡為六書之說，頗為要論。惜乎魏公及先戶部與肩吾皆不及見之也。豫章龔觀學篆字得李氏《字通》，而書之將刻梓以貽諸好事，集以為必盡載魏公、虞公之言而後可以成李氏之美，蓋前輩序言皆有關係，非若近世妄求，妄與以徇人情而已者也。〔註5〕

此篇所云戴侗之《六書攷》，今皆名為《六書故》，筆者考虞集《道園學古錄》〈六書存古辨誤韻譜序〉一文，也謂：「永嘉戴氏父子三世所著《六書攷》」，〔註6〕《萬姓統譜》中也云《六書攷》，〔註7〕但《書史會要》則作《六書故》。

〔註4〕 〔宋〕魏了翁述、稅與權編：《鶴山師友雅言》，元至正二十四年（1364）吳郡金氏刊本。

〔註5〕 〔元〕虞集：〈題李肩吾字通序〉，《道園學古錄》，《四部備要》（北京：中華書局，1965年），卷四十。

〔註6〕 〔元〕虞集：〈六書存古辨誤韻譜序〉，《道園學古錄》，卷三十一。

〔註7〕 〔明〕凌迪知：《萬姓統譜》，《景印文淵閣四庫全書》（台北：臺灣商務印書館，1983年），卷九十九。

〔註8〕

　　從此篇序言中可以發現兩項參考材料，第一，從「取其自隸楷而是正於六書」、「今隸楷之法亦且寂寥，又能錄其文與六書合誠切用矣」二句說明了《字通》以楷體分類，又置篆文字頭的體例，乃意於文字形音義結構的推求，是一種「依楷歸類，循篆推本」的體系。第二，從「豫章龔觀學篆字得李氏《字通》，而書之將刻梓以貽諸好事，集以爲必盡載魏公、虞公之言而後可以成李氏之美」一句，可知此元朝初年的版本龔觀所得之《字通》原無魏了翁、虞𡎊之序跋，是虞𡎊後人虞集認爲應「盡載魏公、虞公之言」，所以上述的元龔觀刻本，有別於最早的虞𡎊刻本是另外刊行的版本。

4、〔清〕黃戊〈字通跋〉

> 《字通》一卷僅載於《書錄解題》，乾隆辛丑戊充四庫館寫書之官，乃獲見毛氏影宋本，因錄其副藏之篋中八年於茲矣。項隨南厓夫子試士衢州屬王君澤校而錄之，戊按張世南《游宦紀聞》載李君爲魏鶴山辨論協協二文，稱其雷心字學，今其書序正鶴山作，李君之言曰：字而有隸蓋已降矣！每降而輒下不可不推所本，乃依世俗筆勢質之以《說文解字》，亦從流溯源之一濫也。而所引《說文》注有與今本小異者，如㷭。從艸兹省聲，今《說文》乃作絲省聲，未必不有功于叔重也。以視《干祿字書》、《佩觽》、《字鑑》則又加詳矣。戊申長至日，當塗黃戊跋。〔註9〕

此篇跋語可以發現三項可供參考之材料，第一，是黃戊自四庫館謄抄《字通》以後歷八年，有作校錄。第二，是黃戊補充了南宋張世南的《游宦紀聞》中所記載關於李從周論辨文字的材料。第三，是黃戊提出了《字通》引用《說文》與今本《說文》的差異。從這三項材料，可以發現較之上述宋元的序跋所論多僅於其人與其書撰作背景的論述，清代學者的觀察已經稍稍涉及《字通》內容的考證。

〔註8〕　〔明〕陶宗儀：《書史會要》，《中國歷代書畫藝術論著叢編》（北京：中國大百科全　　　書出版社，1997 年），卷六。

〔註9〕　〔清〕黃戊：〈字通跋〉，《字通》，頁 449～450。

5、〔清〕紀昀等《四庫全書總目提要》

目前可見之《四庫全書總目提要》又分文淵閣版、文津閣版、文溯閣版，茲錄於下，以明其簡略與所述之要點：

（1）文淵閣〈字通提要〉

《字通》一卷，宋李從周撰。從周始末未詳，據嘉定十三年魏了翁序，但稱爲彭山人，字曰肩吾。末有寶祐甲寅虞兟刻書跋，亦但稱得本於了翁，均不及從周之仕履，莫能考也。是書以《說文》校隸書之偏旁，凡分八十九部，爲字六百有一。其分部不用《說文》門類，而分以隸書之點畫，既乖古法，又既據隸書分部，乃仍以篆文大書，隸書夾註，於體例亦頗不協。且如水字、火字既入上兩點類，而下三點內又出水字、火字。旁三點、示字類又再出水字，下四點內又出火字、水字，如此之類凡一百二十三字，破碎冗雜，殊無端緒。至於干字收於上兩點類，獨從篆而不從隸，既自亂其例；回字收於中日字類，臣字、巨字、臨字收於臼字類；東字收於里字類，併隸書亦不相合，均爲乖剌。然其大旨主於明隸書之源流，而非欲以篆文改隸，猶顏元孫所謂去泰去甚，使輕重合宜者。宋人舊帙流傳已久，存之亦可備檢閱也。卷末別附糾正俗書八十二字，其中如壅塞必作邕塞，芝草必作之草，衣裳必作衣常，添減必作沾減，規矩必作規巨，心脅必作心呂，鐙炷必作鐙主，袒裼必作但裼，負荷必作負何，巾帨必作巾帥，竭力必作渴力，肘腋必作肘亦，是雖於古有據，而今斷斷不能行。其前題詞有「《復古編》、《字通》尚未及之，略具如左文」云云，似非從周之語，又庀字類盧字條下既稱「今別作墟，非是」，而又出「盧作墟非」一條，指爲《字通》所謂及，使出從周不應牴牾如此，其或後人所竄入歟。〔註10〕

（2）文溯閣〈字通提要〉

臣等謹案，《字通》二卷，宋李從周撰。從周始末未詳，據嘉定十三年魏了翁序，但稱爲彭山人，字曰肩吾。末有寶祐甲寅虞兟刻

〔註10〕〔清〕紀昀等編：《四庫全書總目提要》（台北：臺灣商務印書館，1968 年），頁848。

書跋，亦但稱得本於了翁，均不及從周之仕履，莫能考也。是書以《說文》校隸書之偏旁，凡分八十九部，爲字六百有一。其分部不用《說文》門類，而分以隸書之點畫，旣乖古法，又旣據隸書分部，乃仍以篆文大書，隸書夾註，於體例亦頗不協。且如水字、火字旣入上兩點類，而下三點類又出水字、火字。旁三點類、示字類又再出水字，下四點類又出火字、水字，如此之類凡一百二十三字，破碎冗雜，殊無端緒。至於干字收於上兩點類，獨從篆而不從隸，旣自亂其例；回字收於中日字類，臣字、巨字、臣字收於阜字類；東字收於里字類，併隸書亦不相合，均爲乖刺。然其大旨出於明隸書之源流，而非欲以篆文改隸，猶顏元孫所謂去泰去甚，使輕重合宜者。宋人舊帙流傳已久，存之亦可備檢閱也。乾隆四十七年十月恭校上。〔註11〕

文淵閣作「字通一卷」，文溯閣作「二卷」；文淵閣作「內」，文溯閣作「類」；文淵閣作「主於」，文溯閣作「出於」。文溯閣未云《字通》之附錄。

（3）文津閣〈字通提要〉

臣等謹案，《字通》二卷，宋李從周撰。從周始末未詳，據嘉定十三年魏了翁序，但稱爲彭山人，字曰肩吾。末有寶祐甲寅虞㰌刻書跋，亦但稱得本於了翁，均不及從周之仕履，莫能考也。是書以《說文》校隸書之偏旁，凡分八十九部，爲字六百有一。其分部不用《說文》門類，而分以隸書之點畫，旣乖古法，又旣據隸書分部，乃仍以篆文大書，隸書夾註，於體例亦頗不協。且如水字、火字旣入上兩點類，而下三點類又出水字、火字。旁三點類、示字類又再出水字，下四點類又出火字、水字，如此之類凡一百二十三字，破碎冗雜，殊無端緒。至於干字收於上兩點類，獨從篆而不從隸，旣自亂其例；回字收於中日字類，臣字、巨字、臣字收於阜字類；東字收於里字類，併隸書亦不相合，均爲乖刺。然其大旨出於明隸書之源流，而非欲以篆文改隸，猶顏元孫所謂去泰去甚，使輕重合宜者。宋人舊

〔註11〕 金毓黻輯：《金毓黻手定文溯閣四庫全書提要》，《中國公共圖書館古籍文獻珍本匯刊・史部》（北京：中華全國圖書館文獻縮微複製中心，1999 年），頁 201。

帙流傳已久，存之亦可備檢閱也。乾隆四十九年四月恭校上。〔註12〕

文津閣提要與文溯閣內容俱同，云《字通》卷數皆爲二卷，其餘如「內」作「類」、「出於」作「主於」等用字上與文淵閣之差別也如出一轍，文溯閣提要爲乾隆四十七年十月所撰，文津閣提要則撰於乾隆四十九年四月，筆者認爲文津閣提要可能轉鈔自文溯閣而來。探究提要的內容可以發現，四庫館臣對《字通》的內容進行了考訂，舉出了《字通》分類部敘的方法、每類下繫屬文字的問題以及對〈附錄〉之作者提出疑考，也對該書作出了評價，筆者將於後「研究內容評析」中進行分類論述。

5、〔清〕吳壽暘《拜經樓藏書題跋記》

此題跋記在他人著錄所提皆以爲吳壽暘所著，筆者覆考吳氏之作，發現此《拜經樓藏書題跋記》乃吳壽暘之父吳騫所撰，吳壽暘則爲輯錄，其中〈字通〉一條，對內容有所探討，茲錄於下：

> 《字通》一卷，宋李從周撰。以點畫偏旁萃類爲目，而直以古文，前有嘉定十三年魏了翁序及從周自序，後有寶祐甲寅虞兟跋，此爲當塗黃氏戌從四庫館毛氏影宋本錄出，有其手跋。每葉十行，每行大字十八，小字夾行二十。先君子書張世南《游宦紀聞》一條于別紙，記聞謂李名肩吾。先君子云：按名肩吾，當作名從周，字肩吾，彭山人。從周著《字通》一卷，見《書錄解題》，又書黃跋謂所引《說文》有與今本小異者，如蘂。從艸丝省聲，今《說文》乃作絲省聲。未必不有功于小學也。按今《說文解字》作艸絲省聲，此云從艸丝省聲與《五音韻譜》同，豈《字通》所云《說文》乃《韻譜》耶。然艸絲省聲之說似當若艸丝省聲，夫已作蘂矣，尚何省之有，書此以俟明於小學者證之。〔註13〕

此提要乃本於黃戌的跋語，其中針對引《說文》的問題，認爲與今本不同之處，黃戌以爲與《五音韻譜》相同，提出了《字通》所云《說文》乃李燾之

〔註12〕四庫全書出版工作委員會編：《文津閣四庫全書提要匯編》（北京：商務印書館，2006年1月），頁585。

〔註13〕〔清〕吳騫、吳壽暘：《拜經樓藏書題跋記》，《叢書集成新編》（台北：新文豐出版社，1985年），頁25。

《說文解字五音韻譜》的懷疑，並進一步認為此條既然已從「丝」，則應無省聲之問題。

6、〔清〕丁丙《善本書室藏書志》

丁丙提要謂：

> 前有彭山李從周自序云：字而有隸，蓋已降矣。每降而輒下，不可不推本之也。此編依世俗筆勢，質之以《說文解字》，作楷隸者於此而推之思過半矣。名之曰《字通》。又有嘉定十三年六月魏了翁序，寶祐甲寅秋虞兟題識，是書僅注於《書錄解題》，張世南《游宦紀聞》載李君爲魏鶴山辨論協協二文，稱其留心字學。今其書序正鶴山作，惟所稱肩吾實從周之字也。乾隆戊申當塗黃鉞充　四庫館寫書官，得見毛氏影宋本，錄其副後以贈鮑廷博，嘗刻入知不足齋叢書中。黃跋謂所引《說文》有與今本小異者，如鷥。从艸兹省聲，今《說文》乃作絲省聲，未必不有功於小學也。而吳騫《拜經樓藏書題跋》云：按今《說文解字》作艸絲省聲，此云从艸兹省聲，與《五經韻譜》同，豈《字通》所云《說文》乃《韻譜》耶。俟再證之，有重遠書樓印。重遠樓爲山陰楊鼎藏書之所，鼎字禹銘，號守白，其檢藏書有感詩云：辛勤十七載，書卷四萬餘。積之頗不易，愛惜逾璠璵。今讀其詩尚可想其風趣。〔註14〕

此提要皆本於黃戉與吳騫之說，這裡說明了黃戉謄抄以後，贈予鮑廷博，故可以明白知不足齋叢書本之由來。最後補充此版本有楊鼎「重遠樓」的藏書印，及楊鼎其人之材料，可補《字通》一書流傳之歷程。

7、劉志誠《中國文字學書目考錄》

劉志誠在《中國文字學書目考錄》「五代宋金遼時期」中考錄《字通》謂：

> 《字通》一卷，《宋史藝文志》，宋李從周撰。李從周，字肩吾，臨邛（今四川邛崍）人，一說彭山（今四川彭山縣）人。曾爲魏了翁講學之友。好學深思，治《三禮》，治六書，爲南宋寧宗、理宗時人。《宋史》無傳，事迹見《宋元學案》。分部不按《說文》部首，而按

〔註14〕〔清〕丁丙：《善本書室藏書志》（台北：廣文書局，1967 年 8 月），頁 255～256。

隸書之點畫。仍以篆文大書，隸書夾注，目的是指明每種楷畫形體
的篆書來源，非爲篆改隸。每字先注反切，然後訓釋。分部甚亂，
自亂體例，《四庫提要》稱其「破碎冗雜，殊無端緒」。上兩點類、
下三點類重出水、火，又入下四點類。如此重出凡一百二十三字。
卷末附糾正俗書錯誤八十二字，爲後人所加。以古律今，泥古太甚，
稱「衣裳」應作「衣常」，與張有近似。此書按楷隸改革部首開創精
神可嘉，盡管混亂不成體例。宋寶祐二年虞銑刊本，頁十行，大字
十八，小字夾行二十。此本今不知去向。毛氏汲古閣影宋寶祐虞氏
刊本，四庫著錄即此本。清乾隆至道光長塘鮑氏刊知不足齋叢書本
（又民國十年上海古書流通處景乾隆道光本），系黃鉞四庫繕寫時錄
毛氏影宋本于雍正六年再刊。民國二十四至二十六年上海商務印書
館刊叢書集成初編，影知不足齋叢書本。清錢曾批注清初抄本一部，
藏北京圖書館。丁丙跋清抄本一部，藏南京圖書館。〔註15〕

此處對李從周爲彭山人的說法，另外從《宋元學案》中補充有謂是臨邛人的材
料，但是其云「治《三禮》」，筆者據《宋元學案》之記載曰：「鶴山講學之友。
三禮多質之中父，六書多質之先生」，〔註16〕此「中父」爲魏了翁另一講學之友
李坤臣，字中父，「先生」則爲李從周，故劉氏對此條之說法有所誤解。筆者發
現其於對內容的考述多本自《四庫全書總目提要》，對於《字通》按楷隸改革部
首的開創精神有所肯定。其文最後則概述了《字通》各版本的流傳，但如第一
節「《字通》之版本著錄」所考，其曰黃戉謄抄的版本爲雍正六年再刊，黃戉乃
乾隆時再四庫館謄抄典籍時發現《字通》，爾後再影抄送鮑廷博，刊入知不足齋
叢書，故發現與刊行皆在乾隆時，故云雍正年間刊行實屬錯誤之說。

8、李裕民：《四庫提要訂誤》

此乃李裕民考訂《四庫全書總目提要》之作，錄於卷一，經部，小
學類，第三十七「字通」，曰：《提要》卷四一頁三五一：宋李從周
撰。從周始末未詳，據嘉定十三年魏了翁序，但稱爲彭山人，字曰

〔註15〕劉志誠：《中國文字學書目考錄》（成都：巴蜀書社，1997年8月），頁86。

〔註16〕〔清〕黃宗羲著、王梓材、馮雲濠輯：〈鶴山學案〉，《增補宋元學案》（台北：臺
灣中華書局，1965年），頁17。

肩吾。

按：從周字肩吾，一字子我，號蟥州。精于字學，亦善作詞，《全宋詞》錄其詞十首。爲魏了翁（1178～1237）門人，了翁視爲知交，有師友之道（《道園集古錄》卷四○〈題李肩吾字通序〉）。寶慶三年（1227）三月，了翁在鶴山書院爲作《題李肩吾爲許成大書鄉黨內則》（《鶴山先生大全文集》卷六三）。每逢生日，二人常互贈詩歌。《鶴山先生大全文集》卷一一〈肩吾生日三絕句〉、〈次肩吾慶生韻〉，提下注戊子，及紹定元年（1228），前詩云：「勉哉三十六春秋」，知是年從周三十六歲，上推其生年，應爲紹熙四年（1193），小於了翁十五歲。第二年，從周生日，了翁贈詩云：「力探上下三千載，行半東西二百州」可見其人之特點。〔註17〕

此處對於《四庫全書總目提要》的〈字通提要〉並未有所訂誤，只是就「從周始末未詳」一句，補充了李從周相關的材料，並略爲推考了其生平。

（二）論　述

本論述的順序以時代先後爲主，另外則以台灣學者爲先，大陸學者置後，依次討論。

1、黃　侃〈論字書編制遞變四〉

此論今錄於《黃侃國學文集・說文略說》中，〈論字書編制遞變〉共分五篇，乃黃侃對歷代字書編制體例與方法的看法，他認爲歷代字書共分作九種體裁：一曰，六書之教；二曰，附之詁訓；三曰，編爲章句；四曰，分別部居；五曰，以韻編字；六曰，以聲編字；七曰，計畫編字；八曰，分類編字；九曰，專明一類。《字通》之論見於第四篇，體例則屬第七，計畫編字之書中「計點畫之形」的字書，其謂：

> 計畫形爲字書次序者，首宋李從周《字通》。《四庫提要》曰：「是書以《說文》校隸書之偏旁，凡分八十九部，爲字六百有一；其分部不用《說文》門類，而分以隸書之點畫；既乖古法，又既據隸書分部，乃仍以篆文大書，隸書夾註，於體例亦頗不叶。且如水字、火

〔註17〕李裕民：《四庫提要訂誤（增訂本）》（北京：中華書局，2005 年 9 月），頁 34～35。

字，既入兩點類，而下三點類又出水字、火字；旁三點類，示字類，又再出水字；下四點內，又出火、水字。如此之類，凡一百二十三條，破碎凡雜，殊無端緒。至於千字，收於上兩點類，獨從篆而不從隸，既自亂其例。同字，收於中日字類；臣字、巨字、臣字，收於目字類；東字，收於里字類；併隸書義不相合。」案李氏此書，亦略祖《說文》據形系聯之意，惟名目繁碎，又於檢閱非便，故後人竟無效之者。近年海上字書，其檢字法分點起、撇起、直起、橫起等類，在書僮繙帑，頗稱平易；殆因李書而悟得其術者歟？謂可以其書不行而詆訾之也。〔註18〕

此篇首次從字書編輯的角度來檢視《字通》一書的價值，雖然在內容的觀察上仍以《四庫全書總目提要》為資憑，但是黃氏將《字通》作為計點畫之形的字書之首，實點出了《字通》89 分類的意涵，並論及其影響了近現代的檢字法的編纂，為近代分點起、撇起、直起、橫起等依楷體構形元素分類編制法的始祖。

2、孔仲溫〈宋代的文字學〉

孔仲溫〈宋代的文字學〉乃一篇專論宋代文字學之文章，自來討論宋代文字學並不多，就算有所討論，也只是將其置於整個文字學史、語言學史的發展演變歷程上的一個時代，孔氏之文專以宋代文字學為論，並將當時文字學的研究發展歸納成五種樣態：一、御敕修纂的字書；二、振衰起蔽的說文學；三、承流正俗的字樣學；四、勃然興盛的金石文字學；五、新奇矚目的文字論。對宋代文字學發展之貌已描繪出一個大體之輪廓，並有助於後來研究之取向。《字通》於此屬於第三種「承流正俗的字樣學」，其謂：

所謂字樣學，就是研究分析標準字體的學問。「字樣」這個名稱的產生，及形成系統分析的學問，則是在唐朝顏師古訂定的《五經文字》與《字樣》以後，唐顏元孫的《干祿字書》便是字樣學中最具特色的經典著作，宋朝的字樣學，深受它的影響。宋人字書、韻書的修訂，固然是有為天下用字「標準」的目的，但是一般人仍因寫字習

〔註18〕黃侃：〈說文略說〉，《黃侃國學文集》（北京：中華書局，2006 年 5 月），頁 22～23。

慣，或認字不清，常造成筆劃上的訛誤，因此有心的學者，歸納那些易生訛誤的文字，撰成書籍，以矯正時人的錯誤。……至南宋寧宗時，有李從周撰《字通》。其書是以《說文》的篆文來解說通用楷書的偏旁，按楷書的點畫分爲上一點類、立字類、广字類……等八十九類。他想以篆文統一地來解說楷書偏旁，立意雖佳，但以楷書的形體分類，而每字卻以篆文爲首，實予人一種不協調的感覺，尤其舉例又常有一字重複出現在幾處部類中的矛盾現象，都是缺失。不過，他能勇於突破《說文》五百四十部首的範圍，而根據楷書形體分類，爲後來明張自烈《正字通》、梅膺祚《字彙》二百十四部的前驅，實可敬佩。〔註19〕

孔氏此篇採取宏觀式的角度來分析宋代的文字學，其將《字通》置於「字樣書」一類，從字樣的角度去解釋李從周以 89 類來畫分楷體，並以篆文來解說通用的楷書偏旁，對當中矛盾、不協調之處，其實與《四庫全書總目提要》的看法相同，只是孔氏認爲《字通》能勇於突破《說文》540 部首，是值得肯定的，並以爲是後來《正字通》、《字彙》214 部首的前驅，說明了《字通》對後世部首析分觀念的影響。

3、曾榮汾師《字樣學研究》

曾榮汾師《字樣學研究》一書，論及《字通》見於第五章「字樣學理之探析」，主要在說明《字通》在字樣學理上對於正字之選擇的標準與派別，其謂：

字樣學固以整理異體爲前提，却以「正字」之選擇爲宗旨，蓋正字者，卽文字正確之形體也，亦卽「字樣」之所在也。歷來學者於「正字」，雖異稱，然考其涵義，未盡相同。……（一）說文派此派主以小篆以前之字體爲正，隸書以後爲俗……持此說者，釋形說義多宗「說文」，凡合乎「說文」者爲正，反之卽爲俗誤。其中實不乏泥而未知通變者，宋張有「復古編」尤爲代表。張氏書本爲匡正王安石「字說」而撰，全書依平上去入分錄文字，據「說文」以辨明正、俗、譌各體……另如宋李從周之「字通」亦是如此。〔註20〕

〔註19〕孔仲溫：〈宋代的文字學〉，頁 73～79。

〔註20〕曾榮汾師：《字樣學研究》（台北：臺灣學生書局，1988 年），頁 142～143。

此處曾師是站在「字樣學」中對於「正字」之抉擇標準的派別，來討論《字通》一書的性質，其認為「正字」的標準，分作「時宜」與「說文」兩派，前者能應合時宜用字，後者則純以《說文》為正字標準，而《字通》在曾師的觀點中，屬於後者。此說乃從「字樣學」之學理的角度出發，實以為本論文探討《字通》辨似與字樣觀念作出了一個參考架構與研究方向。

4、何廣棪《陳振孫之經學及其直齋書錄解題經錄考證》

此篇乃《直齋書錄解題》所錄之「字通」條的考證，引述了《字通》本書的自序、魏了翁的序以及《四庫提要》，其謂：

> 廣棪案：從周有〈自序〉曰：「字而有隸者，于此而推之，思過半矣。名之曰《字通》。彭山李從周。」則此書之撰，固欲以明隸書之源流者。魏了翁謂之〈序〉，曰：「古之教必由小學，將以參稽象類，涵養本初，為格物求人之本。如此兵法，遠交近攻具有次第，其在學者孰非當知。……李肩吾以一編示予，大校取俗之所易，諭而不察焉者，以點畫偏旁粹類為目，而質以古文，名曰《字通》。凡予所病于俗者，已開卷了然。肩吾蓋博觀歷覽而能反諸義理之歸者也。……肩吾其必有擇于斯矣。」〔註21〕

又引《四庫提要》之內容與魏氏之序文相比較，曰：「觀上所引，魏〈序〉與《四庫全書總目》，一抑一揚，固之從周之書亦不免瑕瑜互見者。」此篇識何氏考訂陳振孫《直齋書錄解題》「經錄」的部分，由於在宋代私家著錄中，陳振孫已經有載錄《字通》一書，但只稱作者、卷數，故何氏補述了魏了翁的〈序〉與《四庫全書》之〈提要〉，呈現出兩家評價抑揚有別，而以為《字通》此書內容瑕瑜互見。

5、呂瑞生《歷代重要字書部首觀念研究》

呂瑞生《歷代重要字書部首觀念研究》所論及《字通》之處，採取的是從歷代部首演進的角度，來觀察《字通》八十九類分類歸字的情形，見書第二章「歷代字書重要部首觀念演變史」之第八節「字通」，分作一、成書狀況；二、編輯用義；三、部首觀念；四、部首觀念檢討，四部分而論，在成書狀況部份

〔註21〕何廣棪：《陳振孫之經學及其直齋書錄解題經錄考證》，《古典文獻研究輯刊》，（台北：花木蘭出版社，2006 年 3 月），頁 409～410。

謂：

> 其體例，則類下有字，字皆篆形，其下則注楷體、音切、字義，或
> 說明字體結構、所從之字等。如上一點「𠫓」字下曰：「𠫓，他骨
> 切，不順忽出也。从倒子，充育等字从此。」其中字之說解，大致
> 皆依《說文》，此則與其編輯用意有關，將論述於後。卷末別附有糾
> 正俗書八十二字，依《四庫書目提要》考證，應爲後人所加。〔註22〕

此處呂氏考訂了《字通》卷末云「六百又一文」的錯誤，依各類收字之數，實
應爲 605 字。對於後面所附之 82 字，引《四庫全書總目提要》之見解認爲是後
人所加。在論《字通》的編輯用意謂：

> 作者之意，乃欲由今溯古，以推求文字本形。蓋宋時之文字學，雖
> 有所成就，唯曲意說解文字或不究文字本義者，亦大有人在……王
> 安石，其所著之《字說》，以楷體爲主，任意拆解文字，棄六書理
> 論於不顧，屢被譏爲穿鑿附會。故有心者見此，乃欲辟邪說，而歸
> 本於《說文》。李氏即緣此因，而有「依世俗筆勢，質之以《說文
> 解字》。」之舉。〔註23〕

此處呂氏指出了李從周撰作《字通》的用意是在於「由今溯古，以推求文字本
形」，並且說明了魏了翁之序言中所提及的夏竦與王安石，一爲金石古文大家，
一則創造文字新說，但都有悖於文字本義，忽略六書結構，解釋了《字通》編
纂之背景與緣由。其論及部首觀念謂：

> 李氏於設計此套檢索方法時，以點畫爲特徵類聚文字。故其部序，
> 自上一點類始，而次以「立」、「广」、「宀」、「方」等字之上方有一
> 點之部類，再續以「旁一點」、「上兩點」……「下四點」等以點歸
> 類之字。點之後，則接以畫，而有「一畫」、「一丿」、「兩畫」、「三
> 畫」等類。繼畫之後，再以點畫交錯之圖形觀念，組成各偏傍部類，
> 且將形近者相次，以利檢索。此套檢索方法，既以楷體爲本，而以
> 點畫爲特徵，故自與《說文》部首觀念大相逕庭。其分類之首字，

〔註22〕 呂瑞生：《歷代字書重要部首觀念研究》（台北：中國文化大學中國文學研究所碩
士論文，1994 年 6 月），頁 80。

〔註23〕 呂瑞生：《歷代字書重要部首觀念研究》，頁 81。

與所從字之間，並無意義上之關係，而純以形體上之相近⋯⋯此項
原則與其編輯用意有關，蓋李氏之本意即在「依世俗筆勢質之以《說
文解字》」，以推求其本，故所從之字，或從其得義，或從其得聲。

又述及立部之特點曰：

本書另有一立部特色，即一字重見之處甚多，此書中之一字數見，
亦與編輯用心相關，蓋其本旨在以楷見篆，而篆書於隸變之後，往
往同一偏傍演爲數形，以《四庫提要》所舉爲例：上兩點類水字下
「益」字之「八」形；下四點類水字下「滕、泰」字之「水」形，與
旁三點類水字下注曰：「今書相承作『氵』」之「氵」形，皆是自篆書
「巛」形演變而來。⋯⋯從周觀察其異，由其所在位置之不同，而
將之分立於各類，實有其文字形體學理之存在，絕非「破碎冗雜，
殊無端緒。」〔註24〕

此處已經初步對《字通》分作 89 類的類型、分類元素作了討論，並且針對《四
庫全書總目提要》批評《字通》中文字複見於多類的情況，作出了回應，且進
一步地比較考述《四庫全書總目提要》的說法與《字通》內容的出入，且就其
研究宗旨——「歷代字書重要部首觀念」對《字通》此書的部首觀念作出了四
點意見：第一，用楷體字形分部，以追溯篆書形體。第二，突破原有偏旁部首
觀念，加進以點畫特徵爲分類依據之觀念。第三，注意文字形體演變之差異，
而加以個別分部。第四，重視部首所在位置，加以區別，而分上、下、中、旁
等類。〔註25〕從楷字形體學理的角度提出了有別於前述各家承襲自四庫館臣的
見解，考論的範圍已經從《字通》的體例內容轉進入部首之學理了。所以最後
呂氏也對《字通》的部首觀念作出檢討，謂：

李氏創新之分部觀念，往往因後代未細查其編輯用意與用心，而屢
遭批評。⋯⋯但從周之分類，亦絕非無的放矢。

李氏之部首觀念，又一常爲人所批評處，爲其一字數見之舉，《四庫
書目提要》謂其「破碎冗雜，殊無端緒。」孔仲溫先生稱其「舉隸
又常有一字重複出現在幾處部類中的矛盾現象」此皆未細究其依楷

〔註24〕呂瑞生：《歷代字書重要部首觀念研究》，頁 81～83。

〔註25〕呂瑞生：《歷代字書重要部首觀念研究》，頁 83～84。

體點畫特徵分類之觀念，以致以傳統分部觀念來批判其體例之設
計。此書之分部，自有其不周之處，而常有形體歸類過於勉強者，
如「子」歸於「、」字類。另既欲「以楷求篆」，卻又有以篆體之形
歸類者，如「人」字類之收「七」、「七」、「ㄥ」、「刀」等字。為其
突破傳統偏傍部首觀念，而注意文字筆畫之組成，實為部首觀念之
一大創新。〔註26〕

這段的檢討，大抵是引述劉葉秋與孔仲溫對《字通》分類問題的說法，因為這
些說法皆承襲於《四庫全書總目提要》的見解，而呂氏則認為應當「細究其依
楷體點畫特徵分類之觀念」而不應「以傳統分部觀念來批判其體例之設計」，且
提到了黃侃先生字書檢字編制的意見，確實地從楷體構形的分析角度，回應了
以往的批評與認知上的疑論，有助於本論文研究《字通》楷體分類構形體系，
以及篆文形體推源系統之參考。

6、陳姞淨《佩觿字樣理論研究》

　　陳姞淨《佩觿字樣理論研究》則取「字樣學」之立場，論述郭忠恕《佩觿》
所開展的字樣理論後啟之字樣著作——《字通》，見第七章「《佩觿》字樣理論
之前承與後啟」，其謂：

《佩觿》承襲了前代字樣理論，更見宏開，不論學理或體例，對後
代影響頗大，如其蒐集了 759 組字例，作完整詳盡的辨析，這樣的
體例在宋代另可見於張有《復古編》及李從周《字通》。〔註27〕

底下也引述了《四庫全書總目提要》對《字通》內容的討論，並約略地分析了
《字通》之體例，作成兩點，第一，分卷首、卷上、卷下，卷末附 82 字糾正俗
書。為一本辨別字之偏旁、糾正俗體的字樣書。第二，捨《說文》之分法，分
為「上一點類」、「立字類」、「刀字類」、「艹字類」……捨《說文》門類，而仍
以篆文大書、隸書夾注，于體例亦頗不協。〔註28〕陳氏之討論，乃從其論文研
究主題——《佩觿》字樣理論推演而來，點出了宋代字樣書編輯撰著體例的傳

〔註26〕呂瑞生：《歷代字書重要部首觀念研究》，頁 84～85。

〔註27〕陳姞淨：《佩觿字樣理論研究》（台北：中國文化大學中國文學研究所碩士論文，
　　　　2004 年 12 月），頁 142～144。

〔註28〕陳姞淨：《佩觿字樣理論研究》，頁 144。

承，有助於本論文在討論《字通》編輯體例之性質與背景時的資憑。

7、劉葉秋《中國字典史略》

劉葉秋的《中國字典史略》中，《字通》的論述見第四章「字書的建設與發展期」第一節「唐代的字樣和宋元辨形的字書」，將《字通》視爲辨析字形的字書，與《佩觿》、《復古編》、《龍龕手鑑》、《字鑑》併論，其謂：

> 《字通》宋李從周撰，一卷。卷首有作者的簡短序言說：「字而有隸，蓋已降矣。每降而輒下，不可不推本之也。此編依世俗筆勢，質之以《說文解字》。作楷隸者，于此而推之，思過半矣。」可見他編書的目的，還在于推究字源，所以根據《說文解字》來解說通用的楷書偏旁。但他並不用《說文解字》的部首，而按楷書的點畫，分爲八十九部（如「上四點類」收「米、釆、炎、乖、兆」等字，「中四點類」收「率、兆、雨、羽、鹵」等字，「三畫類」收「三、彡、川、小、气、彳」等字，「又字類」收「又、攴、殳、支」等字之類）；全書共收六百零一字，每個字又全以篆體大書于上，下面以楷字夾註；這都不免非古非今，顯得很不協調。而且有不少字，見于好幾部，如「一」字既見于「上一點類」，又收入「一畫類」；「水」、「火」二字，既見于「上兩點類」，又收入「下三點」、「旁三點」、「下四點」類，體例頗爲雜亂。「一」字何以歸入「上一點類」，更使人莫名其妙。另外象把「回」字收入「中日字類」，「柬」字收入「里字類」等等，則于篆于楷，兩俱不合，只是以意爲之，並無根據；使讀者簡直無法掌握這部書分部的原則。

> 《字通》注釋文字，也是先注音，後言義，義訓都用《說文解字》的說法，有的還指出某字從此。如「上四點類」的「釆」字注云：「釆，蒲莧切，辨別也。象獸指爪分別也。番、卷、奧、悉等字從此。」這裏對字義的解釋及采自《說文解字》；但「卷」、「奧」兩字，《說文解字》一在「卩」部，一在「宀」部，並不在「釆」部。《字通》說這兩字從「釆」，雖然指出了這兩個字中的「釆」，並不是「釆」字；但既云「從某」而不依《說文解字》部首，和後來《字彙》、《正字通》、《康熙字典》等書分部又不相同；可見這是既不能「于古有

徵」，也不適宜於通俗使用的。這部書卷末另附有糾正俗字錯誤的八十二字，是後人所加的。其中如說「衣裳」的「裳」應作「常」，「從容」的「容」，應作「頌」，「規矩」的「矩」應作「巨」之類；亦不免泥古太甚，不能通行。不過這書雖非實用的字典，却還可以作爲研究文字形體變化的參考材料來看。〔註29〕

此處劉氏觀察自唐《干祿字書》以來的字書撰述系統，有「或仿唐人『字樣』的體例，着重於正字俗體的辨析；或致力於文字的形聲譌變和字劃疑似的研究；或本《說文解字》以推求隸楷的變化。」三種類型，其中最後一種類型實乃《字通》撰作內容之本質，而劉氏也指出了《字通》編書之目的在於推究字源，所以是從楷體之分類來推溯形源，只是對於內容中以楷體分類，又以篆文作字頭的體例，如《四庫全書總目提要》一般，認爲是非古非今，其中對於文字複見形態之看法也一如四庫館臣，並未以楷體字典編輯的角度來審視此書，對於篆文字頭底下繫屬的楷字，則依舊侷限於《說文》540 部首，而不能進一步分析《字通》推溯形源的方式。其餘在討論〈附錄〉82 個字的說法時也多承自《四庫全書總目提要》之說，尚未從辨似字樣的角度切入觀察，但是也有益於本論文對唐代字宋代以來字樣書編輯類型與系統之探究。

8、張其昀《說文學源流考略》

張其昀的《說文學源流考略》對《字通》的討論見第二章「字樣學著作」，其謂：

> 宋代重要的字樣學著作推《佩觿》、《復古篇》和《字通》。三書條例各異，面貌不一，但旨趣都重在辨正字形。

> 李從周，字肩吾。《字通》一卷，大較取俗之所易諭而不察焉者，以點畫偏旁粹類標目而質以古文。

> 其書意欲根據《說文》來解說通用的楷書偏旁，但他並不用《說文》的部首，而是按楷書的筆畫，分爲八十九部。書中文字分部，本是按楷書筆畫，但這個標準未能貫徹始終，很多字的分部是以意爲之，漫無準則。上述「表」、「毒」諸字之歸「主字類」即屬無謂。再比

〔註29〕劉葉秋：《中國字典史略》（北京：中華書局，1992 年），頁 36～38。

如把「回」字收入「中日字類」，把「東」字收入「里字類」，于篆于楷，兩皆不合。書中還有不少字重複出現。比如「水」、「火」二字，既見于「上兩點類」，又見于「下三點」、「旁三點」、「下四點」，實在是雜亂無章。「一」字入「一畫類」是當然的，但是又收入「上一點類」，令人莫名其妙。

《字通》注釋文字，是先音後義。釋義都用《說文》的說解，有的還指出某字從此，但亦多謬誤。比如「上四點類」的「采」字注：「蒲莧切，辨別也。象獸指爪分別也。番、卷、奧、悉等字從此。」這裡，釋義即采自許書，但所舉「卷」、「奧」兩字，《說文》一在「卩部」，一在「門部」並不在「采部」。《字通》卷末附有糾正俗字錯誤的八十二個字，均爲後人所增加。其中如說「衣裳」字應作「常」，「從容」字應作「頌」，等等，亦不免拘泥過甚。〔註30〕

從張氏之說法與例證，可以發現大部分與劉葉秋所論相同，故其立場與意見應屬一脈。

9、姜聿華《中國傳統語言學要籍述論》

姜聿華《中國傳統語言學要籍述論》將《字通》放在第三章「宋元時代的各類字書」第一節「宋元時代以考訂字體爲主的字書」中討論，其謂：

《字通》一卷，宋李從周撰。從周臨邛（今四川邛峽縣）人，一說彭山（今四川彭山縣）人。字肩吾。曾爲魏了翁講學之友。好學深思，治《三禮》，常請教于中父（譙仲午）；治「六書」，多問學于鶴山（魏了翁）。事迹見《宋元學案》卷八十。

是書成于嘉定十三年（1220 年），有了翁序。……所收每個字權以篆體大書，而以楷書夾注。《字通》體例非今非古，頗不協調。而且不少字見于好幾部，如「水」、「火」兩個字既入「上兩點類」；又入「下三點類」；「水」字尚入「旁三點示字類」；「火」、「水」復入「下四點類」。如此之類，凡一百二十三字，破碎冗雜，殊無端緒。至于「干」字收入「上兩點類」，獨從篆而不從隸，既自亂其例；「回」

〔註30〕張其昀：《說文學源流考略》（貴陽：貴州人民出版社，1998 年 1 月），頁 106～107。

字收于「中日字類」;「臣」字、「巨」字、「臣」字（應爲「𦣞」）收
于「自字類」（應爲「𦣝」）;「東」字收于「里字類」，併隸書亦不相
合，均爲乖刺。然其大旨主于明隸書之源流，而非欲以篆文改隸，
猶顏元孫所謂去泰去甚，使輕重合宜者。(《四庫全書提要》)。《字通》
對部首的改革雖不成功，但它勇於改革還是應于肯定的。卷末別附
糾正俗書錯誤的八十二個字，爲後人所加。其中如說「壅塞」必作
「邕塞」，「芝草」必作「之草」，「衣裳」必作「衣常」等，雖然于
古有據，但後起俗字已經通行很久，定要用古字代替是斷斷不能行
的，這篇文章泥古未免太甚。〔註31〕

此處可以發現對於李從周之考述乃本於劉志誠《中國文字學書目考錄》，皆引
述了《宋元學案》的資料，也循劉氏之說，肯定了《字通》在部首改革上的
貢獻。但從「李從周治《三禮》」的說法知道姜氏更曲解了《宋元學案》中對
李從周的解釋，首先《宋元學案》曰:「鶴山講學之友。三禮多質之中父，六
書多質之先生」〔註32〕，是在說明魏了翁遇到《三禮》的問題，多詢問中父，
論及六書的疑處，常叩問李從周，而非李從周本身治《三禮》有疑而向誰請
教，且姜聿華先生云「中父」爲「譙仲午」，筆者考「中父」依《宋元學案·
鶴山學案》中所載爲「李坤臣，字中父」〔註33〕，而「譙仲午」其字「仲甫」，
實爲正俗用字之誤解。其後論及《字通》之內容，則與張其昀一樣，皆本於
劉葉秋在《中國字典史略》中的說法與例證。

10、李建國《漢語規範史略》

李建國《漢語規範史略》將《字通》放在第五章「宋元時期」四「實用型
字書的發展」來談，其謂:

宋元時期的字書，大抵可分爲兩類:第一類是實用型，包括《說文》
派字書的沿革和仿「字樣」的正字書;第二類是創新派的字書，包
括義理派的字書和六書派的字書。這裡先介紹實用型字書。……宋

〔註31〕　姜聿華:《中國傳統語言學要籍述論》（北京:書目文獻出版社，1992 年 12 月），
　　　　頁 254～255。
〔註32〕　〔清〕黃宗羲著，王梓材，馮雲濠輯:〈鶴山學案〉，《增補宋元學案》，頁 17。
〔註33〕　〔清〕黃宗羲著，王梓材，馮雲濠輯:〈鶴山學案〉，《增補宋元學案》，頁 16～17。

元時期以個人之力著成的大型字書主要有《龍龕手鑑》、《四聲篇海》，實用的字書主要有《佩觿》、《復古篇》（應作「編」）、《字通》、《字鑑》等。……稍後于《復古編》、《四聲篇海》的《字通》，是南宋李從周于嘉定十三年（1220）撰寫的。全書只一卷，收字 601個。……此書旨在推究字源，據《説文》解説楷書。但他不用《説文》的部首，而是按楷書的點畫偏旁「以形相從」，分爲「上一點類」、「立字類」、「广字類」等八十九部；各部中字全以篆書爲字頭，夾注用楷書；注文先注音，後釋義，説解都用《説文》的部首。這樣，分部依楷書，正字用篆書，釋義又據《説文》，難免體例混亂，于篆于楷，兩皆不合。但他以楷書的筆畫分部，對後代辭書編纂有啓迪之功。〔註34〕

此處李氏將宋元時期的字書分作「實用型」與「創新派」兩大類，而將《字通》歸屬於實用型字書類，但是其在此類下又作「《説文》派字書」和「仿『字樣』的正字書」，則混淆了「字樣」性質的字書劃分，依曾榮汾先生在《字樣學研究》中對字樣學宗旨的定義爲「整理異體，擬訂正字」，〔註35〕故字樣書乃在於區分正通俗的用字標準，以及辨似形音義之內容性質而言，所以在這個框架之下再區分正字標準是採時宜用字的「時宜派」與尊崇《説文》用字的「説文派」，〔註36〕才有助於釐清《字通》所本之字樣觀念爲何？其後李氏對《字通》內容的討論，可以發現其綜合了劉葉秋之論述與舉證與劉志誠對部首改革之肯定觀點。

11、李建國《漢語訓詁學史》

李建國《漢語訓詁學史》對《字通》的討論，見第四章「訓詁學的中衰——宋元明時期」第四節「字書的沿革與發展」，一樣如上《漢語規範史略》將《字通》歸屬於實用字書之類，所述與《漢語規範史略》完全相同，應承襲自前文，本文節錄於下以比較之：

稍後于《復古編》、《四聲篇海》的《字通》，是南宋李從周于嘉定十

〔註34〕李建國：《漢語規範史略》（北京：語文出版社，2000 年 3 月），頁 140～144。

〔註35〕詳參曾榮汾師：《字樣學研究》，頁 13。

〔註36〕詳參曾榮汾師：《字樣學研究》，頁 142。

三年（1220）撰寫的。全書只一卷，收字601個。他在《字通・序》中説：「字而有隸」，蓋已降矣。每降而輒下，不可不推本之也。此編依世俗筆勢，質之以《説文解字》，作楷隸者于此而推之，思過半矣。」可見他此書旨在推究字源，據《説文》解説楷書。但他不用《説文》的部首，而是按楷書的點畫偏旁「以形相從」，分為「上一點類」、「立字類」、「广字類」等八十九部；各部中字全以篆書為字頭，夾注用楷書；注文先注音，後釋義，説解都用《説文》的部首。這樣，分部依楷書，正字用篆書，釋義又據《説文》，難免體例混亂，于篆于楷，兩皆不合。但他以楷書的筆畫分部，對後代辭書編纂有啓迪之功。〔註37〕

此處所論實為《漢語規範史略》之簡述。

12、陳燕〈字通在部首法轉變過程中的地位〉

陳燕〈字通在部首法轉變過程中的地位〉與呂瑞生以部首觀念來探討《字通》之八十九類分類歸字的角度相近，分作一、部首法的建立與轉變；二、《字通》的部首檢索系統；三、《字通》在部首法轉變過程中的地位，三個部分討論，其謂：

> 漢字部首法經歷了自《説文》根據字義而設立的文字學部首法始，到《字彙》比較成熟的檢字部首法，其1500年間經歷了不斷累進的轉變過程。通過《字通》這部書的研究，得以展現部首法轉變階段的面貌。同時指出《字通》在轉變過程中的地位、貢獻與問題，有助於部首檢字法歷史的研究。〔註38〕

此篇論文在考論《字通》體例時，發現了《字通》所分的大類有合併《説文》字形相近的部首之情況，另外也解釋了前述各家批評《字通》文字複見多類的編輯類型與《龍龕手鏡》的「多開門排列漢字」的方法相近，義在達到便於檢索的目的。〔註39〕初步地分析了《字通》以形定部的撰作觀念，有助於本論文探討《字通》分類構形體系時之參考。

〔註37〕李建國：《漢語訓詁學史》（上海：上海辭書出版社，2002年8月），頁176～177。

〔註38〕陳燕：〈字通在部首法轉變過程中的地位〉，《古漢語研究》2006年第1期，頁35

〔註39〕詳參陳燕：〈字通在部首法轉變過程中的地位〉，頁38～39。

13、陳燕〈字通部首檢索系統研究〉

陳燕此篇乃上一篇之補述，而此篇則於部首觀念上又論及檢索，其謂：

> 自《說文解字》根據字義而設立的文字學部首法到《字彙》的檢字
> 部首法，和自部首經歷了不斷變化的過程。通過對《字通》部首系
> 統的研究，得以展現這一過程的中間變化階段。評析其得與失的原
> 因，將有助於部首檢字法發展歷史的研究。〔註40〕

比較上篇與此篇之內容，對體例的分類討論皆相同，其後則提出「《字通》才是檢字法部首地開始」，釐清了歷來認爲明代梅膺祚《字彙》214 部首才是檢字部首的開端的見解，從部首檢索的立場，爲《字通》一書作了歷史的定位。

14、施岩《字通研究》

施岩《字通研究》一文討論的出發點，與陳姞淨所採取的「字樣學」立場相似，但其主要從《字通》一書所呈現的漢字構形隸變之例爲探討重心，其謂：

> 《字通》是南宋中期李從周撰寫的一部主要解說隸楷同形異源構件
> 和形近構件來源的字書，也是目前可見的宋代最後一部規範、解說
> 楷書字形的字樣之書。對長期以來在各種文字學史著作中都存在誤
> 讀的《字通》的術語及其體例的歷史還原，以及對《字通》中包含
> 的漢字構形和字形演變思想的全面評述，對於我們認識唐宋字樣書
> 術語體系和體例的演進、字樣書之於漢字構形和字形演變的獨特貢
> 獻和侷限性都有著重要的意義。同時，《字通》作爲與宋代理學有著
> 深刻聯繫的字樣學著作，對於我們認識宋代理學影響下的文字觀
> 念、文字規範態度也有著不容忽視的價值。〔註41〕

此論文雖云「《字通》研究」，實則就《字通》本文的文字分類，字形的隸變材料，從研究字樣的角度去討論其內容，從中延伸出對漢字構形和字形演變的思想評述。

從《字通》之編輯體例而言，施氏採取的是楷體構形分析的立場，但是

〔註40〕陳燕：〈字通部首檢索系統研究〉，《辭書研究》2007 年第 5 期，頁 118。

〔註41〕施岩：《字通研究》（西安：陝西師範大學中國古典文獻學碩士論文，2003 年 7 月），頁 I。

對於每類篆字與繫屬楷字的編排，其已經發現各類內文字的編排形式是依源歸納，實有助於本論文對《字通》形體推源系統之探討，但是其囿於注解術語的形態，將「某某等字从此」認爲是系聯一系列含有同形且同源的楷書構件的字，「某某等字如此作」看作用以說明也是同形同源的楷書構件材料，在論述上初步分析了《字通》分類收字的構形性質與形體來源，但對於其中如何分類和如何推源的情況，則尚嫌粗略，討論未詳。筆者觀察《字通》的編輯體例，發現應該就兩個面向，第一從楷體分類構形體系來析分《字通》89類系聯屬字的形態，第二再從形體推源系統來推究這些楷字的形體來源，才能較清楚的建構出「依楷歸類，循篆推本」的樣貌，並回應李從周在卷首所云「此編依世俗筆勢，質之以《說文解字》。作隸楷者，於此而推之，思過半矣。」〔註42〕的撰作意旨。

　　從字樣的角度而言，施氏與上述之中國大陸學者對「字樣」的觀念，皆僅於對字形的形態分析，但是就曾榮汾師所論，字樣學非形體學，雖然二者亦皆需析述文字形體之結構，然前者以研究文字整理條例爲宗旨，後者則偏重於文字形體演變之脈絡及歷史性的探討。〔註43〕所以在施氏的文中所論及《字通》文字的規範意義時曰：「在文字規範觀念上，《字通》繼承了唐字樣對通行字體的關注，同時又承襲了《復古編》對漢字理據的反省，因而在屏棄《復古編》否定楷書正字地位的同時，又立足通行字體解說漢字理據……使《字通》表現出對構形分合變化的系統觀照，在字樣書的發展史上有著承前啓後的重要意義。」〔註44〕論理所涵蓋的研究範圍頗廣，但是就其所討論之內容，還是在討論字形之隸變現象以及前述所云的篆文推源現象，並未眞正釐清《字通》在辨似文字形音義的觀點以及區分文字使用場合的字級標準。

　　對於後面〈附錄〉的探討，其實是《字通》的另一個研究重點，從上述《四庫全書總目提要》考訂〈附錄〉82字的內容，可以發現眞正字樣辨似觀點的呈現乃在於這82個辨似字組當中，《字通》本文對於相似字形的辨析，並未完全顯現出《字通》的字樣觀念。在《字通》本文中只有「虛」字下注曰「今別作

〔註42〕〔宋〕李從周：《字通》，頁422。

〔註43〕詳參曾榮汾師：《字樣學研究》，頁7。

〔註44〕施岩：《字通研究》，頁II。

墟，非是」一條呈現出徐鉉辨似的討論，而此條材料乃於〈附錄〉也列入辨似字組的考論當中。其實筆者還原《字通》本文中所歸納之楷字底下引用《說文》的注釋，常省去徐鉉對於文字辨似的說法，例如「州」字下見《說文》徐鉉曰：「州，今別作洲，非是。」〔註45〕與〈附錄〉「州，今以爲州縣之州，別作洲非。」〔註46〕所論相近，又「於，今俗作嗚，非是。」〔註47〕與〈附錄〉「於，今已爲於是之於，《說文》別作烏，俗又作嗚非。」〔註48〕的辨似觀點相近，實可證明《字通》於本文乃著重於對楷體構形之分類，並且意在辨析楷字推溯篆文結構的形源系統，在〈附錄〉則補充了對前面歸納世俗筆勢以後，對於字樣之辨似標準的取捨，但是施氏的文章並無述及〈附錄〉之部份，且對於《四庫全書總目提要》論及〈附錄〉之作者問題，也尚未有所討論，故從其提到的撰作動機：「全面評述其在漢字構形、演變方面的特殊貢獻、侷限性以及對文字規範的意義。」及內容的觀察，實可以發現其論述範疇尚止於《字通》文字構形系統的探究，對於辨似與字樣觀念、版本作者之考述等皆有所不足。

不過相較於上述各種研究文獻，此篇專以《字通》爲論，實有助於本論文探討《字通》分類構形體系以及形體推源系統等問題之參考。

上面筆者引述節錄了歷來對於李從周《字通》的研究與論述，大抵上不脫從「部首」、「字樣」二個面向的討論，從部首延伸出對檢索的探討，由字樣衍生出對構形的分析，其於則是版本、作者材料的零星討論，尚不成專篇。以下筆者將全面地評析上述所論《字通》之材料，目的在於呈現當前對研究李從周與《字通》之概貌，大略存在著哪些面向？以及其中已提出的觀點裡不足與缺誤之處，作爲本論文研究方向與探討深度之資憑與參考。

二、前人研究評析

從上述《字通》相關研究文獻的整理，從各家考論的性質，可以歸納成對撰述背景的討論、對作者生平的記述、對版本流傳的記載、對內容的考訂、對

〔註45〕〔漢〕許慎撰、〔宋〕徐鉉校訂：《說文解字》（北京：中華書局，1963 年 12 月），頁 239。

〔註46〕〔宋〕李從周：《字通》，頁 446。

〔註47〕〔漢〕許慎撰、〔宋〕徐鉉校訂：《說文解字》，頁 82。

〔註48〕〔宋〕李從周：《字通》，頁 445。

《字通》性質的定位五個方向，筆者茲分類評析如下。

（一）撰述背景的討論

在序跋中的內容，大部分都牽涉到了《字通》的撰述背景，從魏了翁的序文所討論的內容而言，對研究李從周撰著《字通》一書，有幾點可供參考者。第一，可以了解宋代文字學之學風與背景。藉由魏氏在序言中所述及之宋代文字學，可知當時宋代的文字學由於理學興盛，以及金石學與王安石的文字學新說的流行，一般人偏於一伎一能，在文字學上則耽溺於偏旁訓詁，而忽略了傳統文字形音義本質的探討、形體源流的認知，所以序中有「傷小學之湮微，而古文之不復見也」〔註49〕之嘆。第二，有助於了解李從周撰作《字通》的學述淵源與動機。在序中魏氏曾提及其本身有意「發明文字之本始，聊以亂思醜類為用力之端」〔註50〕，但未能有述焉。李氏為魏氏長年相隨的講學之友，常常討論文字經義，且據《宋元學案》所載，魏氏有文字六書之問題，多詢問李氏，在張世南的《游宦紀聞》中有此類事蹟，可知李氏的文字學，在魏氏的學術師友間頗具名氣，且受肯定，則面對自北宋以來對傳統文字學的忽略以及六書、形體觀念的破壞，可能因此形成了李氏撰作《字通》之原因。第三，可作為北宋、南宋理學家對於文字學觀念態度之比較研究材料。宋代理學家在義理學上北宋有濂、洛、關等各派之說，南宋則有朱熹之閩學、陸九淵之心學，而魏氏也為當時理學大家，由此序中所云：「書有六體，或指其事，或象其形，或諧諸聲，或會以意，或轉注相授也，或假借相成也。凡以極天地萬物之變而與八卦九章竝行於兩閒者也。古之教必由小學，將以參稽象類涵養本初，為格物求仁之本。如此兵法遠交近攻，具有次第。」〔註51〕而其時代相近的朱熹也發展出對經書的一套訓詁注釋方法，從中實可以推求出當時理學家對文字、音韻、訓詁學的態度與觀念。作為《字通》裏面一些辨析文字之觀念的參考以及延伸作相關問題之研究。

另外從虞兟跋語中可以看出當時對於字書編輯方式，流行以音序字的編輯

〔註49〕魏了翁：〈字通序〉，《字通》，頁421。

〔註50〕參見魏了翁〈彭山李肩吾從周字通序〉，《鶴山先生大全文集》，《四部叢刊初編》（台北：臺灣商務印書館，1965年），卷五十三。

〔註51〕〔宋〕魏了翁：〈字通序〉，《字通》，頁421。

體例，這種編纂字書的模式在宋代以來形成了所謂「字書和韻書並行的雙軌制」現象，〔註52〕這種現象的形成原因，趙振鐸並未述及，但從當時的文字使用的背景，以及文學上作詩填詞的要求，可以推求其形成之理由，首先是楷體的通行，但卻尚未發展出一套新的據形系聯的部首，字書的編纂仍囿於 540 部首的框架，且作詩填詞為當時文學主流，所以從檢索的角度而言，搭配韻書的音序檢字，是比較方便的。就連當時的金石文字之編纂，也出現了以音序字的現象，例如魏了翁在〈字通序〉中論及當代博通古文字的大家夏竦，其所撰的《古文四聲韻》正是將郭忠恕的《類篇》更改作音序歸字的實例，且當代金石學盛行，作「篆韻」的著作頗豐，可見音序編輯法的應用，已成為當代字書編輯的主流。

再者，從徐鉉、徐鍇對《說文》之研訂整理以後，北宋一代對《說文》之研究並無出大小徐之右者，接下來王安石等輩以楷體之結構，以會意一體，貫通六書，臆造說字的情況，到了北宋末年，針對這種情況已經開始有反對的意識與著作產生，如張有著《復古編》，到了鄭樵作《六書略》則開始對於文字學六書觀念進行調整與創發，而有不一樣的見解產生，但是其所考乃在於文字形音義結構內含的研究，對於形體部類的調整與歸納，則未有所及，所以在虞兟跋語所引魏了翁之說法，可看出對於《說文》始一終亥形聯觀念式微的感嘆，也可以推知到南宋中葉該問題尚未解決，且如《說文解字五音韻譜》由 540 部被改成徐鍇的《說文解字篆韻譜》分韻歸字，顯示出據形系聯的部敘觀念受到音序編輯的干擾甚重，所以間接的形成李從周重新以楷體之構形元素，分成 89 類的撰作背景。

（二）作者生平的記述

對於李從周的生平記述，大抵上依魏了翁的序言而來，到了《四庫全書總目提要》仍只論其為彭山人，仕履無考，接下來的材料可以分作兩個方向，第一是對李從周籍貫的補充，原本見載於魏氏序言裡從周為四川彭山人的記載，劉志誠從《宋元學案》中補充可能為臨邛人的說法。

第二是對李從周生平事蹟的記載，首先黃戊補充了南宋張世南的《游宦紀聞》中所記載關於李從周論辨文字的材料，然後李裕民則引述了《鶴山先生大

〔註52〕詳參趙振鐸：《中國語言學史·宋元明時期·辭書的編纂》（石家莊：河北教育出版社，2000 年 5 月），頁 241～243。

全文集》中魏了翁的詩文，從周的生年進行了初步的推考。

以上兩個方向的資料，雖未深入與齊全，但實有助於本論文就《宋元學案》與《鶴山先生大全文集》與《游宦紀聞》三項材料，對李從周的生平與學術進行全面的考察，詳見於本章第三節所論。

（三）版本流傳的記載

在虞集《道園學古錄・題李肩吾字通序》中「豫章龔觀學篆字得李氏《字通》，而書之將刻梓以貽諸好事，集以爲必盡載魏公、虞公之言而後可以成李氏之美」〔註53〕一句，可知此元朝初年的版本龔觀所得之《字通》原無魏了翁、虞𡚱之序跋，是虞𡚱後人虞集認爲應「盡載魏公、虞公之言」，所以上述的元龔觀刻本，有別於最早的虞𡚱刻本，是另外刊行的版本。

黃戊的跋語則顯示其自四庫館謄抄《字通》以後歷八年，有作校錄，再經由丁丙《善本書室藏書志》中所云：「乾隆戊申當塗黃鉞充　四庫館寫書官，得見毛氏影宋本，錄其副後以贈鮑廷博，嘗刻入知不足齋叢書中。」〔註54〕可以知道目前通行的知不足齋叢書本《字通》其版本是源自於明代毛氏影宋本，經抄錄後刻進鮑廷博的知不足齋叢書，而丁丙又補充此版本有楊鼎「重遠樓」的藏書印，及楊鼎其人之材料，可補《字通》一書流傳之歷程。。

（四）內容的考訂

從《四庫全書總目提要》以來至近現代各家的論述，對於《字通》的內容的考述與討論，大致可作三個探討方向：

1、部首分類體例

自《四庫全書總目提要》中開始對《字通》依楷體構形畫分作 89 類來歸屬文字的內容作出了考述，提出了對歸屬文字上置立篆文字頭的批評，同時也對於每類中所歸屬的文字，有重複出現的問題進行了批判。爾後針對分類體例上則形成了兩種見解，第一種是承自於四庫館臣在提要中所論，認爲《字通》「分部不用《說文》門類，而分以隸書之點畫，既乖古法，又既據隸書分部，乃仍以篆文大書，隸書夾註，於體例亦頗不協。」〔註55〕例如孔仲溫〈宋代文字學

〔註53〕〔元〕虞集：〈題李肩吾字通序〉，《道園學古錄》，卷四十。

〔註54〕〔清〕丁丙：《善本書室藏書志》，頁 256。

〔註55〕〔清〕紀昀等編：《四庫全書總目提要》，頁 848。

中所論與劉葉秋先生《中國字典史略》及中國大陸學者們如張其昀等的看法皆本之於此。

第二種是黃侃的看法突破了四庫館臣的識見，重新以字書編制的角度審視《字通》89 分類的內涵，實是在楷字字典的編輯上以計筆畫之形的始祖，呂瑞生則進一步的提出解釋，其曰：「而《字通》一書，其立部觀念，除維持原有之偏傍部首觀念外，另加入點、畫、圖形等觀念。李氏於設計此套檢索方法時，以點畫為特徵類聚文字。故其部序，自上一點類始，而次以「立」、「广」、「宀」、「方」等字之上方有一點之部類，再續以「旁一點」、「上兩點」……「下四點」等以點歸類之字。點之後，則接以畫，而有「一畫」、「一丿」、「兩畫」、「三畫」等類。繼畫之後，再以點畫交錯之圖形觀念，組成各偏傍部類，且將形近者相次，以利檢索。此套檢索方法，既以楷體為本，而以點畫為特徵，故自與《說文》部首觀念大相逕庭。其分類之首字，與所從字之間，並無意義上之關係，而純以形體上之相近。」〔註56〕認為李從周撰著《字通》突破原有偏傍部首觀念，加進以點畫特徵為分類依據之觀念。並注意文字形體演變之差異，而加以個別分部。且重視部首所在位置，加以區別，而分上、下、中、旁等類，蘊含著形體學理的概念。

對於文字複見的現象，也同上述作兩種看法，四庫館臣一派的見解認為這是一種「破碎冗雜，殊無端緒」的情況，但是另外一種見解則認為這是由於楷字形體分類的原因，如呂瑞生先生曰：「此書中之一字數見，亦與編輯用心相關，蓋其本旨在以楷見篆，而篆書於隸變之後，往往同一偏傍演為數形，以《四庫提要》所舉為例：上兩點類水字下「益」字之「六」形；下四點類水字下「滕、泰」字之「氺」形，與旁三點類水字下注曰：「今書相承作『氵』之「氵」形，皆是自篆書「巛」形演變而來。又如「火」字，上兩點類「俙」之「火」形；下三點類「票、寮」之「小」形；示字類「票、尉」之「示」形，與下四點類下「熙、然、庶、黑」之「灬」形，皆由篆書「火」行演變而成。從周觀察其異，由其所在位置之不同，而將之分立於各類，實有其文字形體學理之存在。」〔註57〕而陳燕在〈字通在部首法轉變過程中的地位〉文中也提出了此乃由於楷

〔註56〕呂瑞生：《歷代字書重要部首觀念研究》，頁83～84。

〔註57〕呂瑞生：《歷代字書重要部首觀念研究》，頁82～83。

字隸變之後，形體上有混同的現象，在分類上分置於多處，實爲檢索之目的，並舉《龍龕手鏡》爲例，證明了《字通》這種編輯體例的意涵。

2、字樣觀念與附錄性質

上述各家論述當中，有一部分是採取字樣的角度來探討《字通》的內容，但是字樣的學理依曾榮汾師所論可分作五個部分：異體字的認識、正字之選擇、分級整理之原則、易混字辨似之體例、異體字例整理之觀念。﹝註58﹞曾師與陳姞淨的論述已經爲《字通》在字樣學研究這一方面提供了正字觀念的選擇以及辨似體例的傳承背景的線索，而施岩雖然以研究字樣的角度切入，但是其對於字樣學理的認知一如張其昀等中國大陸學者，多偏向於形體學的探討，故對於《字通》在本文以及附錄中的辨似與字樣的關聯與觀念尚需作深入的分析，本論文將以上述前輩學者之論說爲資憑，循其框架與方向進一步的來探究《字通》的辨似與字樣觀念。

3、引《說文》來源

黃戌的跋語首先考訂了《字通》裡引用《說文》的問題，在吳騫父子的提要中也認爲《字通》引《說文》與李燾《說文解字五音韻譜》具有關係。就目前《字通》引用《說文》材料觀察之，其實大抵上還是本之於徐鉉所校訂的《說文》，且在注釋中對於文字辨析的說法，多引述徐鉉之論說，其於如李陽冰與徐鍇的說法，也大部分見載於徐鉉校訂本中，此部分將於第三章體例篇中的訓詁體例討論。

此處就黃戌云：「𢇛。從艸茲省聲，今《說文》乃作絲省聲。」﹝註59﹞以及《拜經樓藏書題跋記》云：「黃跋謂所引《說文》有與今本小異者，如𢇛。從艸𢇛省聲，今《說文》乃作絲省聲。未必不有功于小學也。按今《說文解字》作艸絲省聲，此云從艸𢇛省聲與《五音韻譜》同，豈《字通》所云《說文》乃《韻譜》耶。」﹝註60﹞二家之說，進行比較考訂。

查此條原在《字通》「上兩點類」中「𢆶　茲，子之切。黑也。從二，幺

﹝註58﹞　詳參曾榮汾師：《字樣學研究》第五章〈字樣學理之探析〉所論。

﹝註59﹞　〔清〕黃戌：〈字通跋〉，《字通》，頁450。

﹝註60﹞　〔清〕吳騫、吳壽暘：《拜經樓藏書題跋記》，頁25。

廟。一字作𤕨。从艸，茲省聲。」〔註61〕此處引《說文》「艸部」的「茲」，黃
戊所說今本作「絲省聲」，筆者考《說文解字繫傳》作「絲省聲」〔註62〕，而
李燾《說文解字五音韻譜》作「茲省聲」〔註63〕與徐鉉本相同。黃戊所云之
「今本」，應爲乾隆三十八年朱筠刻本，此本乃據明毛氏父子重刻之宋本，但
此版本由於毛氏屢據徐鍇《說文解字繫傳》剜改，謬訛較多，不過此本爲四
庫所收，故知「絲省聲」應該是這個版本據小徐之說所改，另外徐鉉與李燾
皆作「茲省聲」，筆者認爲前述黃戊和吳騫所言《字通》所云《說文》本之於
李燾《說文解字五音韻譜》，應該是未見徐鉉校訂之宋本原貌而出現的誤解。

（五）性質的定位

在上面各家的論述當中，對於《字通》一書的性質之認定，可以分作兩種，
第一種是站在部首分類的角度，認爲此書是一部改革創新部首分類檢索方式的字
書，如黃侃、呂瑞生等皆是此種態度。第二是就構形分類與繫屬文字部分，將其
視爲《干祿字書》以來的字樣書的系統，此說見曾榮汾師、陳姞淨與施岩。只是
《字通》在這兩種性質的區分，實際上應從內容上進行分析，因爲本文雖然是採
取楷字構形分類與篆文形體推源，也涉及到字樣的形體辨似，但是尚無明確的正
俗區分，故本文比較偏向第一種部首分類的性質，只是其中蘊含了形體辨似的材
料；而就附錄內容，則可見其針對本文尚未討論完全的正俗區分，提出了 82 個
辨似字組，其中之字，乃承本文所收之字而來，可以發現附錄承繼了本文字樣觀
念中形體辨似的觀念，進一步地訂正俗譌，辨似用字之正俗，補充了本文的字樣
辨似內容以及區分正俗的標準，呈現出其字樣觀念，本論文將於第四章中詳論之。

第三節　研究方法與步驟

一、研究方法

本論文主要運用兩種研究方法：

〔註61〕〔宋〕李從周：《字通》，頁 424。

〔註62〕〔南唐〕徐鍇：《說文解字繫傳》（北京：中華書局，1987 年 10 月），頁 19。

〔註63〕〔宋〕李燾：《說文解字五音韻譜》，《說文解字研究文獻集成・古代卷》（北京：
　　　　作家出版社，2007 年），頁 537。

　　第一，文獻推勘比較之法。彙整李從周相關之史料以及《字通》之版本與著錄，依時代順序排列整理。關於李從周其人之生平交遊與著述，利用輯佚的方式，從各類學案、史傳、各家筆記、箚記和序跋軼聞與詩文總集中，輯引比較其人之事迹與學術之樣貌；關於《字通》的書錄版本，利用目錄的方法，從歷代藝文志、官修叢書目錄與私編之藏書著錄的檢索爬梳，考較其書版之流傳。

　　第二，文字學理考證之法。主要是利用字書部首建置與分類之學理和文字構形之演變形態，以及分析彼此形音義之內涵關聯，進行《字通》內容之研究。其一，透過字書編輯學的方法，釐清《字通》編輯體例的層次形態與性質關係；其二，藉由歷代字書碑帖中字形材料的求索，考證《字通》89 類依隸變後的楷體取形歸類的分類體系；其三，經由《說文》對文字形音義結構說解的還原，疏證《字通》以篆繫楷，推本《說文》解析文字構形的形體推源系統；其四，憑藉曾榮汾先生等現代前輩學者對文字辨似、字級區分所建立之字樣理論與唐宋正字類字樣書分判文字正俗的內容與條例，建構《字通》本文辨似字形結構之條理與附錄辨正俗別的字樣觀念。

二、研究步驟

　　本論文之研究步驟之程序，首先從文獻整理層面開始，又分作三方面進行：其一，將《字通》各版本與存在的著錄項依時代排譜，以利對其書版流傳及現況之掌握；其二，則彙整自宋以來對《字通》所作之序跋提要，並輯考宋元明人之讀書筆記、雜記、紀聞等材料，並清人所作之學案、年譜，梳理李從周之生平、師友及學術活動與著述，作爲探求《字通》編纂背景和內容研究之資憑；其三，對上述的材料與近現代學者相關地研究論文、著述進行內容評析，劃分研究之性質並評述研究概況。

　　其次從文字學辨析層面，研究《字通》之內容，則可作四種方向探求：其一，從《字通》一書之體例觀察之。分析其 89 類、605 篆與繫屬楷字的編輯層次，考察類、篆、楷各自之類型以及彼此之關係，討論該體例呈現之分類屬字的性質與關係。然後析分附錄的編輯體例，考論本文與附錄之說解形式、類例，分析其訓詁體例；其二，自《字通》依楷體所劃分的 89 類考察之。研究分類之要素，彼此形體之關聯性與序字次序的意涵。然後逐類分析各自的收字材料，

補證當中通行楷字的隸變形體，以探求《字通》如何取形歸類；其三，依《字通》置篆繫楷的材料疏證之。還原這些文字之《說文》造字結構的解釋，釐清篆文字頭與繫屬楷字的形源關係；其四，就《字通》本文與附錄辨似字樣之觀念，析分整理出本文辨似形近相似字組，劃分各種辨似類型，並條理附錄論說文字正俗用字的是非標準，研究其字樣觀念。

最後統整以上兩大步驟，七種程序的研究成果，作出結論，展現其價值，評述其缺失，並推展相關之研究議題及延伸討論之方向。

三、篇章安排

本論文的寫作步驟與篇章安排：

第一章「緒論」，說明研究動機、源起，確立研究目的；建立研究方法，規劃研究方向，以及論文處理步驟；評析歷代諸家論考之內容，概述目前研究之情況。

第二章「作者與版本考論」，蒐羅《字通》之相關材料。分以版本、著錄、序跋、提要、研究論述等種類，考證《字通》其書之流傳。另以李從周其人之有關文獻輯考，探查其生平經歷與師友交遊情形，並檢閱材料中具有李從周論學之篇章、論著，分類彙整、考證其說法、內容，討論其學術風格與特色。

第三章「字通編輯析論」，首先分析《字通》本文與附錄的編輯體例，探述其編輯背景與動機。推究其分類體例之來源、編排之層次、形式，比較其序字體例，並討論體例與內容之性質與關係。再者探討本文與附錄之訓詁說解體例。

第四章「字通內容考證」，第一，考察《字通》89 類分類屬字的內容，析分其構形要素、類型，董理取形歸類的方法，建構《字通》分類構形之體系。第二，條理《字通》「從此」、「如此作」兩種主要的文字繫屬類型，還原這些文字在《說文》的形體結構說解，考證其形體推源的方式，建立《字通》形體推源之系統。第三，分析《字通》本文與附錄中辨正文字形體與俗別的材料，劃分其形近相似字形之種類，討論《字通》辨似與字樣之觀念。

第五章「結論」，以李從周其人與學、《字通》內容之編輯這兩個部分為主，考察「文獻輯考」、「編輯體例」、「分類構形」、「形體推源」、「辨似字樣」五個面向，歸結其優缺與價值，以及在文字學史上的地位，總結本論文之研

究成果。最後藉由研究心得與成果，推展其延伸研究之價值，並說明可供研究之主題。

　　論文書後，爲參考書目與附錄，其中附錄以「《字通》分類表」、「《字通》分類字表」、「《字通》附錄字表」呈現《字通》本文分類構形、形體推源的文字繫屬情形，以及《字通》附錄所論述之辨正俗譌的字樣材料。而「李從周相關文獻輯考」則是筆者從歷代筆記、雜記、紀聞、文集、譜錄、學案等材料中所輯考出李從周相關文獻與學術論述。

第四節　《字通》作者內容概述

　　南宋李從周，其人於宋史無傳，《四庫提要》也云「始末未詳」。從《字通》中魏了翁〈序〉與虞氏的〈跋〉可概略得知李從周字肩吾，四川彭山人。《宋元學案》中之〈鶴山學案〉記其爲魏了翁講學之友，謂：

> 李從周，字肩吾，臨邛人也，不詳其生平，鶴山講學之友。三禮多質之中父，六書多質之先生，嘗同在渠陽山中，稱其強志精識。所著《字通》能追原篆隸流別，而惜乎今不可得見也。鶴山門人稅與權作《雅言》，頗引先生之說，皆考證經史語。其謂古無四聲韻，只共有九韻，力糾吳才老之非，云宋藝文志有其書。〔註64〕

可知李氏長於六書字韻之學，考證經史，頗得魏了翁等人之認同。魏氏曾賦詩稱曰：

> 世歷嬴劉周典盡，經由孫沈古音休；更嗟書法開元壞，不易肩吾字字求。〔註65〕

南宋張世南在《游宦紀聞》中也曾記載魏氏遇字義之疑，叩問李氏解惑之事，世南謂：「李文名肩吾，眉人，學問甚富。」〔註66〕明陶宗儀也錄李氏於《書史會要》中，謂：「李肩吾，字子我，號蠙州。魏文靖公門人，能書。取隸楷之合

〔註64〕此「中父」爲魏了翁另一講學之友李坤臣，字中父，「先生」則爲李從周。參〔清〕黃宗羲著，王梓材，馮雲濠輯：〈鶴山學案〉，《增補宋元學案》，頁17。

〔註65〕〔宋〕魏了翁：〈將入靖州界適值肩吾生日爲詩以壽之〉，《鶴山先生大全文集》，卷十一。

〔註66〕〔宋〕張世南：《游宦紀聞》（北京：中華書局，1981年1月），頁60。

於六書者，作《字通》行於世。」〔註67〕故知其以小學書法名世。

　　李氏之學多考證經史文字音義之語，散見於魏了翁與當時宋人之筆記中，今只傳《字通》一卷，以收錄在《四庫全書》與《知不足齋叢書》者爲常見之版本。其書旨在推究楷體結構的根源，主要根據《說文解字》來解說通用的楷體偏旁，並按楷體之點畫構形，歸納偏旁爲 89 類，每類之下收篆、籀、古文字頭共 605 字，其中以《說文》部首字爲多。每個字頭下以楷字註解，先標該字頭之楷定，說明切音，引《說文》之釋義，再系聯從屬該字頭之楷字，並引用前人之論說與金石之材料辨析該字頭與從屬楷字之構形關係，對宋代之楷體構形系統及字源理論與字樣觀念，具有一定之參考與研究價值。清季樸學之風重漢輕宋，家家許鄭，人人賈馬，《四庫提要》對本書的態度謂：「宋人舊帙，流傳已久，存之亦可備檢閱也。」〔註 68〕但《字通》編輯之形式與觀念實有別於當代及前代之字書，後世多忽視之，相關研究甚少。《四庫提要》對其雖有「體例亦頗不協」之論，但仍有「大旨主於明隸書之源流，而非欲以篆文改隸，猶顏元孫所謂去泰去甚，使輕重合宜者」之評價。

　　黃侃在〈論歷代字書編制之遞變〉一文所分的九種編輯方法之中，便是以《字通》作爲「計點畫之形」的代表，同時也認爲《字通》之編制觀念與方法具有影響，不能以後世不傳，無有效法而偏頗看待，其謂：「李氏此書，亦略祖《說文》據形系聯之意，惟名目繁碎，又於檢閱非便，故後人竟無效之者。近年海上字書，其檢字法分點起、撇起、直起、橫起等類，在書僅繙帑，頗稱平易；殆因李書而悟得其術者歟？未可以其書不行而詆訾之也。」〔註 69〕所以筆者認爲應從全面性的考察，整理前人研究之成果，並從其作者、編輯觀念以及內容考證的方面進行研究，發掘《字通》一書的編輯體例與分類收字的條例與觀念，呈現其書的學術價值與回應當時字書編輯與字學研究的時代風貌。

〔註67〕〔明〕陶宗儀：《書史會要》，《中國歷代書畫藝術論著叢編》，頁 350。

〔註68〕〔清〕紀昀等編：《四庫全書總目提要》，頁 848。

〔註69〕黃侃：〈說文略說〉，《黃侃國學文集》（北京：中華書局，2006 年 5 月），頁 23。

第二章 《字通》作者與版本考論

第一節 李從周之生平與學術

一、李從周生平與師友

　　李從周的生平事蹟，探求與師友魏了翁的文集、年譜等材料（見附錄四），可以推考出李從周之生卒年、出處籍貫、行事風格、師友交遊四項線索。

（一）生卒年

　　首先從其生卒年的討論來說，可藉由考察魏了翁在文集中贈與李從周的詩句來考證李氏當時的年歲，考〈將入靖州界適值肩吾生日爲詩以壽之〉一詩，據《魏文靖公年譜》曰：「朱端常劾公欺世盜名，朋邪謗國，落職罷新任追三官，竄南安，復改靖州。」〔註1〕此時爲南宋理宗寶慶元年，西元 1225年，魏氏四十八歲時受到謗議，而貶官至靖州，見於《鶴山先生大全文集》的〈安人史氏墓誌銘〉中說到：「寶慶元年多，予得罪南遷。明年春，行至九江。」〔註2〕可以知道魏氏在隔年的春天行至九江，而在〈答丁大監黼〉文中也

〔註1〕〔清〕繆荃孫編：《魏文靖公年譜》，《宋明理學家年譜》（北京，北京圖書館出版社，2005 年），第八冊，頁 371。

〔註2〕〔宋〕魏了翁：《鶴山先生大全文集》，卷八十一，頁 667。

提到該年春天安北望的兒子安顯孫承父命至女家迎婦，迎娶魏氏之女，其曰：
「某溯江而上，聞沅、辰道險，惟潭、邵路稍平，遂涉湖之潭。會安北望遣子
親迎，遂以數日間辦？，留家于覃而字與朋友李肩吾及長兒之靖。」〔註3〕在潭
州嫁了女兒之後，魏氏和長子與李氏再出發至靖州。

〈將入靖州界適值肩吾生日爲詩以壽之〉曰：「肩吾名地古誠州，〔註4〕明
日聯車入界頭。」〔註5〕乃在說明這一年夏天（寶慶二年，西元 1226 年）到達
了貶官之處，正值李氏生日，而作此詩相贈。三年後，也就是上述〈肩吾生日
三絕句〉的：「尚記聯車入界頭，廉安門外麥三秋。」〔註6〕與〈肩吾生日〉的：
「邊城洽匝三寒暑，初度聯翩四倡酬。」〔註7〕兩段詩句中的內容所謂的「聯車
入界頭」、「麥三秋」、「三寒暑」，是談到抵達靖州已經歷三個寒暑，故可推考此
時應爲西元 1228 年，時爲南宋理宗紹定元年。而〈肩吾生日三絕句〉中最後曰：
「勉哉三十六春秋」一語，則點出了李氏此時正值三十六歲，以虛歲計回溯其
生年應爲西元 1193 年，可以推知李氏於南宋光宗紹熙四年出生。

依《魏了翁年譜》中紹定元年的行事順序，知魏氏於該年五月己卯（五月
七日）爲友人彭欽撰寫墓誌，接著魏氏作〈肩吾生日三絕句〉爲李從周慶生，
其後到六月八日魏氏生日，李氏也作詩相贈，故有〈次肩吾慶生日韻戊子〉的唱
和詩。〔註8〕所以李氏的出生月份應該在五月七日到六月八日之間。

魏氏在紹定元年時爲五十一歲，而李氏則爲三十六歲，兩人相差十五歲，
以兩人交往之情形，若李氏先魏氏而卒，應該會有墓誌或祭文之作，但考察魏
氏一生中爲友人所撰之哀祭文章，並不見李從周，可推知李氏應晚於魏氏而卒。
考魏氏於宋理宗嘉熙元年三月十八日逝世，李氏於此時爲四十四歲，應仍健在。

元代虞集〈題李肩吾字通序〉云：「至戴侗氏《六書攷》盛行于世，凡爲六
書之說，頗爲要論。惜乎魏公及先戶部與肩吾皆不及見之也。」〔註9〕發現最後

〔註3〕 〔宋〕魏了翁：《鶴山先生大全文集》，卷三十四，頁 296。

〔註4〕 誠州爲靖州古地名，宋徽宗崇年二年改名靖州，立郡。

〔註5〕 〔宋〕魏了翁：《鶴山先生大全文集》，卷十一，頁 114。

〔註6〕 〔宋〕魏了翁：《鶴山先生大全文集》，卷十一，頁 116。

〔註7〕 〔宋〕魏了翁：《鶴山先生大全文集》，卷十一，頁 117。

〔註8〕 詳見彭東煥：《魏了翁年譜》（成都：四川人民出版社，2003 年 3 月），頁 308～309。

〔註9〕 〔元〕虞集：〈題李肩吾字通序〉，《道園學古錄》，卷四十。

一句說到魏氏與李氏並未見到戴侗所著的《六書攷》，則李氏應於《六書故》撰成之前便已過世。依明人凌迪知所著的《萬姓統譜》中記載：

> 戴侗字仲達，仔弟。登淳祐第，由國子監簿守台州，德祐秘書郎召繼軍器少監，亦辭疾不起，年逾八十卒。有《易》、《書》、《四書》家說，《六書攷》內外篇。〔註10〕

知道戴侗爲永嘉縣人，據《永嘉縣志・選舉・進士》所載戴侗於淳祐元年登進士第。〔註11〕張智惟先生引《宋史・選舉》：「凡童子十五歲以下，能通作詩賦，州升諸朝，而天子親試之。……」推測：「戴侗應考之年歲該於十五以上；若以二十歲應試，則戴侗生於宋寧宗嘉定十五年，而據『年逾八十而卒』則卒年爲元成宗大德年間，而任『德祐秘書郎』時已五十餘歲了。……從他在〈六書通釋〉末所言：『予爲六書，三十年而才苟完……』又：『六書三十年而未卒功，非直不敏不勤，蓋不敢遽成也……』又：『年運而往來，日幾矣終，於待則書之成未有日也，故於姑約其三十年之功以爲書。』……可見其《六書故》的編撰，是在他『辭疾不起』後，所以《六書故》的完成，當在元成宗大德年間（西元1297～1307）」〔註12〕則知戴侗與李從周相差約三十歲，而其《六書故》之完成年間與李氏四十四歲時差了一甲子以上，則知李氏此時已卒，故虞集云李氏無法得見《六書故》之內容。

（二）名號籍貫

從輯考的材料中，對於李從周之名號，知其姓李，名從周，字肩吾，一字子我，號螟洲。

爲何處之人，有四種說法，第一爲魏了翁〈字通序〉中所記載的「彭山」；第二爲張世南《游宦紀聞》中所云的「眉人」；第三爲《宋元學案》中記載的「臨邛」，此三處，彭山在宋代屬成都府路成都府中眉州所轄，而臨邛則屬於

〔註10〕〔明〕凌迪知：《萬姓統譜》，《中華漢語工具書書庫》（合肥：安徽教育出版社，2002年），卷九十九。

〔註11〕〔清〕張寶琳、王棻等纂：《永嘉縣志》，《中國方志叢書・華中地區》（上海：上海古籍出版社，1998年），卷十一，頁25。

〔註12〕張智惟：《戴侗六書故研究》（台中：逢甲大學中國文學研究所碩士論文，2000年6月），頁8。

成都府下轄之邛州，與眉州等級相同。魏了翁爲李從周親近之師友，所記「彭山」乃其本籍出處，而張世南爲魏氏之交遊，所以記李氏之來歷只知其爲「眉人」，乃眉州之意，前者所指較明確，後者所云較籠統。而臨邛爲眉州臨近之地，另說爲臨邛人可能因爲地處相臨州郡所誤識。

（三）行事風格

在魏了翁的詩句中可以了解到李從周此人的行事風格，從〈肩吾生日以三絕爲壽〉中云：「俗學場中蚤掉頭，一牕書卷古人謀。」〔註13〕推知李氏此人並非如一般士子以科舉功名爲人生目標，而是喜研讀古書。另外在〈肩吾生日〉的「力探上下三千載，行半東西二百州。」〔註14〕與〈次肩吾慶生日韻巳丑〉的「男兒生世果何事，卜士詩之闔史書。」、「我友憂時髮滿梳，殷勤勉我用詩書。」〔註15〕等句可以知道李從周其人探求史籍、詩書等經典，且曾如太史公一樣，壯遊各地，閱歷豐富，例如魏氏〈將入靖州界適值肩吾生日爲詩以壽之〉首句「肩吾名地古誠州」，〔註16〕乃李從周說明靖州古名誠州之語，可知其見識廣博，也印證〈字通序〉魏氏謂「肩吾蓋嘗博觀千載，歷覽八紘」的描述。

（四）師友交遊

李從周生平最主要的師友當是南宋大儒魏了翁，李氏爲眉州彭山人，考《魏文靖公年譜》中所載，魏氏在南宋寧宗嘉定五年（西元1212年）在眉州任官，曾於嘉定七年簡拔俊秀朔望詣學宮親爲講說行鄉飲酒禮。〔註17〕此時李從周二十二歲，可能於此時與魏氏相識。

在魏氏被貶官至靖州時，李氏曾跟隨其入靖州，期間多有唱和之詩句。在〈王常博寄示沌路七詩李肩吾用韻爲予壽因次韻〉中「惟吾臭味李夫子，不爲無人不肯芳。」〔註18〕與〈次李肩吾送安恕父回長沙韻〉中「晚歲唯餘李

〔註13〕〔宋〕魏了翁：《鶴山先生大全文集》，卷十一，頁115。

〔註14〕〔宋〕魏了翁：《鶴山先生大全文集》，卷十一，頁117。

〔註15〕〔宋〕魏了翁：《鶴山先生大全文集》，卷十一，頁117。

〔註16〕〔宋〕魏了翁：《鶴山先生大全文集》，卷十一，頁114。

〔註17〕詳參〔清〕繆荃孫編：《魏文靖公年譜》，頁365～366。

〔註18〕〔宋〕魏了翁：《鶴山先生大全文集》，卷十一，頁114。

夫子，夜窻書紙教元暉。」〔註19〕二句，以夫子稱之，且謂「書紙教元暉」之「元暉」乃北宋書法大家米芾，又於《宋元學案》中記載李氏爲：「鶴山講學之友，《三禮》多質之中父；六書多質之先生。」故可以推測李氏年紀雖小於魏氏，但其書法與文字六書之學實爲魏氏所推崇與叩問之學友。

前述李氏因安恕父回長沙而作詩相贈的「安恕父」，彭東煥在《魏了翁年譜》中認爲是魏了翁女婿，名「顯孫」，是魏氏的朋友安丙之孫，安癸仲之子。〔註20〕另外一位女婿則是爲《字通》作跋的虞兟，見跋語中所云：「紹定庚寅，兟親迎于靖先師鶴山魏先生講席之暇，授以李君肩吾所類《字通》一編。」〔註21〕得知南宋理宗紹定四年（庚寅）虞兟至靖州與魏氏仲女完婚，魏氏爲其改字作〈虞退夫字說〉，並贈以李從周所著之《字通》，查《宋元學案‧鶴山學案》中「補戶部虞先生兟」條：

補戶部虞先生兟

雲濠謹案：先生本名兹，字義夫，見《鶴山集》。

附錄

虞道園〈題李肩吾字通序〉曰：「魏公書後題字則集之從從祖父，戶部府君，而魏公之婿也。魏公歷靖州七年，先戶部從之學，故亦與肩吾友善，多所講明也。」〔註22〕

推考虞兟與李從周應有來往。

《宋元學案》中的「中父」乃李坤臣，字中父，見〈鶴山學案〉「教授李中父先生坤臣」條：

李坤臣，字中父，臨邛人也。大父母及其父普州教授相繼卒，歎曰：「吾無意于斯世矣。」日夜哭泣，遂喪明，授徒自給，出則門生，入則子弟，從旁代讀，有問焉，必答；有目者，所不如也。嘗因痔痛，矢心爲詩曰：「吾道由來貫古今，纖毫不假外推尋。只因疾病

〔註19〕〔宋〕魏了翁：《鶴山先生大全文集》，卷十一，頁115。

〔註20〕詳見彭東煥：《魏了翁年譜》，頁26。

〔註21〕〔宋〕虞兟：〈字通跋〉，《字通》，頁449。

〔註22〕〔清〕黃宗羲著、全祖望補訂：《宋元學案補遺》，（台北：世界書局，1962年6月），頁34。

呻吟切，識得平生第一心。」尤遂于《易》，以周程子書參諸邵子，每謂太極大衍相爲表裏，象繫多述先天心法，而人罕知之。于《三禮》最該暢，鶴山魏文靖家居讀禮，邀之共相討論，蓋嘗欲爲《易》、《禮》二傳，而未及也。疾甚歎曰：「君子曰終，小人曰死。吾今日庶幾乎。」鶴山嘗稱之曰：「中父遭家多難，以有左卜之厄，然因此動心忍性，觸慮增知，觀身于艮，觀心于復，悠然獨得于義理之奧。」蜀中賢士大夫自後溪劉文節公、張東父子震、張義立方、虞仲易、剛簡以至鶴山兄弟皆重之。其門人曰魏文翁高斯得郭黃中。補。〔註23〕

考《鶴山先生大全文集》中有魏了翁爲其所作之墓誌銘。〔註24〕李坤臣爲四川臨邛人，與李從周並爲魏氏講學之友，且皆出身蜀地之學者，應有所交往。

〈題李肩吾爲許成大書鄉黨內則〉之「許成大」乃「許晟大」之誤，其字德夫，魏了翁爲其書齋題記，見〈耻齋記〉曰：「予與德夫久處於靖，美其質純而志篤。」〔註25〕可知李從周隨魏了翁貶居靖州時，曾與許晟大有所交遊，而編輯《鶴山師友雅言》的稅與權乃魏了翁之學生，見〈鶴山學案〉「稅先生與權」條：

> 稅與權，字巽甫，巴郡人。受業鶴山之門，經于經學，其所著《易學啓蒙》……學者潛玩雜卦，而參以子雲、穎達之說，則于邵氏此圖，信其爲寫出天地自然之法象矣！文公殆亦留斯義以俟後人邪？輒不自揆，敬述而申之曰《易學啓蒙小傳》。雲濠案：《四庫書目》：《易學啓蒙小傳》一卷附《古經傳》一卷。先生又嘗述鶴山講《周禮》語爲二卷曰《周禮折衷》。補。〔註26〕

其於如〈題彭山宋彥祥詩卷〉與〈跋師厚卿遇致仕十詩〉中可以看出，當時魏氏的友人自作詩文，常託李從周書之，再求魏氏作題識，由此可知李氏之書法在當時甚受其師友愛好。

〔註23〕〔清〕黃宗羲著、王梓材、馮雲濠輯：《增補宋元學案》，頁17。

〔註24〕詳參〔宋〕魏了翁：〈李中父墓誌銘〉，《鶴山先生大全文集》，頁635～636。

〔註25〕〔宋〕魏了翁：《鶴山先生大全文集》，頁425。

〔註26〕〔清〕黃宗羲著、王梓材、馮雲濠輯：《增補宋元學案》。

從上述李從周之師友交遊，得知其從遊者大抵以魏了翁身邊之親戚或學友為主，且多出身四川蜀地，可以了解李氏生平接觸的學術社群概貌。

二、李從周學術概述

（一）學術特色

李從周的學術特點，從輯考材料中可以發現多偏向經書故訓的考訂，且對於六書之學、音韻之學也很有見地。從〈肩吾摘傍梅讀易之句以名吾亭，且為詩以發之用韻答賦〉與〈次韻李肩吾讀易亭山茶梅〉等詩中可以了解到，在李氏與魏氏的交往中，嘗引《易》、《詩》等經書之道入詩，例如「山間兩賓主，窮極造化功。易終得未濟，曹夫觀國風。」等句，說明了他們寓經中義理於生活的方式，呈現出當時理學家的意識型態和文學表現，從此可以看出李氏應受到魏氏在理學觀念上的影響。

再者，魏了翁嘗在文章中稱李從周「彊志精識」、「博見彊志」，可以推測李從周的學識內涵應甚為博洽，這種特點表現在對於文字六書以及音韻之學的見解上，例如張世南在《游宦紀聞》中記載當時魏氏與人討論包遜之子名皆從心旁，其中有名「協」者，魏氏以為不是從心，而是從十，但疑問未定，此時張世南謂：「有館客李丈，留心字學，數十年矣，待為叩之。少選，李至，遂及此，云：『其義有二；從十乃眾人之和，是謂『協和萬邦之協』；從心乃此心之和，是謂『三后協心之協』。』」〔註27〕初始張氏並未以為李氏的解釋為確說，尚存疑慮，不過其後則記載曰：「世南嘗以語士大夫，間有云：『恐出臆斷。』後閱《集韻》，果如前所云。是知作字偏旁，不可毫髮之差。李丈名肩吾，眉人，學問甚富，世南嘗識之云。」〔註28〕才發現李氏之文字學見識之精到，而錄於其書中。魏氏也曾賦詩曰：「世歷嬴劉周典盡，經由孫沈古音休。更嗟書法開元壞，不易肩吾字字求。」〔註29〕點出了當時文字音韻學式微，時人不解文字音義，而李氏與此則研究甚深，且廣聞博洽。

由以上的材料可以推考李從周在文字與音韻之學、書法之學上頗為專精，

〔註27〕〔宋〕張世南：《游宦紀聞》，頁60。

〔註28〕〔宋〕張世南：《游宦紀聞》，頁60。

〔註29〕〔宋〕魏了翁：《鶴山先生大全文集》，頁116。

甚爲時人推崇，而其學術著作今可得見者只有《字通》一書，其於學問論說內容則散見於魏了翁《鶴山渠陽讀書雜鈔》與《鶴山師友雅言》當中，茲析述於下。

（二）經學與文字音韻學

從《鶴山渠陽讀書雜鈔》與《鶴山師友雅言》中的材料，可以了解到李從周在各經的見解，而更具價值的是李從周對於上古音韻之學也提出了開創性的見解，自吳棫以來至明代陳第以後，其實這中間已經有許多上古音韻之討論，但是長期受到忽略。在這當中李從周散論於魏了翁讀書札記中的討論，實可補充目前的上古音韻學說史的空缺。

以下筆者茲依上述輯考之材料，依各經之分類及文字音韻的性質，分析概述於如下：

1、論《易》

李從周論《易》之說見於《鶴山師友雅言》，謂：

> 鶴山云：乾坤後屯卦伏剝蒙伏復，故雜物撰德。

> 李肩吾云：「復至千八月有凶自，復至坤姤避，故凾所謂七日復，謂

> 復姤中隔一崑卦以碩果不食，數七爻恰復。」〔註30〕

此條是魏了翁說到乾卦、坤卦以後，屯卦伏剝蒙伏復，所以「雜物撰德」，見《易經・繫辭下傳》：「《易》之爲書也，原始要終以爲質也。六爻相雜，唯其時物也。其初難知，其上易知——本末也。初辭擬之，卒成之終。若夫雜物撰德，辯是與非，則非其中爻不備。噫！亦要存亡吉凶，則居可知矣。知者觀其象辭則思過半矣。二與四同功而異位，其善不同——二多譽，四多懼，近也。柔之爲道，不利遠者，其要無咎，其用柔中也。三與五同功而異位——三多凶，五多功，貴賤之等也。其柔危，其剛勝邪？」〔註31〕

李氏則解釋復卦，復卦有恢復之意，意即萬物開始回春，社會復甦。上卦「坤」是地，下卦「震」是雷，是雷在地下的形象。從卦形來看，剝卦的「上

〔註30〕 〔宋〕魏了翁述、稅與權編：《鶴山師友雅言》，元至正二十四年（1364）吳郡金氏刊本。

〔註31〕 〔清〕阮元編：《周易正義》，《十三經注疏》（台北：藝文印書館，2001 年 12 月），卷八，頁173。

九」剝落，成爲純陰代表十月的坤卦；這時，陽又在下方醞釀，到了十一月的冬至，一個陽駁又在「初」位出現，成爲復卦。復卦以後爲臨卦、泰卦、壯卦、決卦、乾卦至垢卦、遯卦，李氏說「故卤所謂七日復，謂復垢中隔一巽卦以碩果不食，數七爻恰復。」說明了其中的現象與演進。

2、論《書》

李從周論《書》之說在《鶴山渠陽讀書雜鈔》中論「爲天下逋逃主，萃淵藪」條，謂：

> 肩吾謂馬融傳於逋逃絕句，因檢古法則，亦以「主萃淵藪」作四字
>
> 解。左氏昭七年傳，乃作「萃淵藪」。〔註32〕

此條見於《尚書·周書·武成》：「既生魄，庶邦冢君，暨百工，受命于周。王若曰：『嗚呼！群后，惟先王建邦啓土。公劉克篤前烈，至于大王，肇基王跡，王季其勤王家。我文考文王，克成厥勳，誕膺天命，以撫方夏。大邦畏其力，小邦懷其德。惟九年，大統未集。予小子其承厥志。底商之罪，告于皇天后土，所過名山大川。曰：『惟有道曾孫周王發，將有大正于商。』今商王受無道，暴殄天物，害虐烝民，爲天下逋逃主，萃淵藪。予小子既獲仁人，敢祗承上帝，以遏亂略。華夏蠻貊，罔不率俾，恭天成命。肆予東征，綏厥士女。惟其士女，篚厥玄黃，昭我周王。天休震動，用附我大邑周。惟爾有神，尚克相予，以濟兆民，無作神羞。』」〔註33〕

李氏認爲馬融傳注此段話在「逋逃」停頓，後段作「主萃淵藪」四字解釋，其引《左傳》昭公七年所錄，作「萃淵藪」，認爲應作「爲天下逋逃主，萃淵藪」之型態。

3、論《詩》

李從周論《詩》見於《鶴山師友雅言》，謂：

> 李肩吾云：「孔子謂：自衛反魯，然後樂正。〈雅〉、〈頌〉各得其所。
>
> 〈雅〉、〈頌〉即樂也。古樂不存，惟〈雅〉、〈頌〉見之。」〔註34〕

〔註32〕〔宋〕魏了翁述、稅與權編：《鶴山師友雅言》。

〔註33〕〔清〕阮元編：《尚書正義》，《十三經注疏》（台北：藝文印書館，2001年12月），卷十一，頁160。

〔註34〕〔宋〕魏了翁述、稅與權編：《鶴山師友雅言》。

此條見於《論語・子罕》:「子曰:『吾自衛反魯,然後樂正,雅、頌各得其所。』」〔註35〕這裡是李從周從《論語》的一段話,解釋孔子自衛國返歸魯國,整理古代的音樂,而古樂已經亡佚,但是《詩》中的「雅」、「頌」其實是古代樂歌表現的內容。

4、論《禮》

(1)《周禮》

《鶴山渠陽讀書雜鈔》中論「《周禮》草人輕爂用犬」條,謂:

> 鄭氏曰:「輕爂,輕脆者。」陸釋爂,孚照反。李音婦堯反。賈疏爂、脆聲相近。愚按此乃爂字。今人作票,陸、李猶以照堯爲聲,賈遂誤作爨讀,失之遠矣。韓文公所謂凡爲文須略識字,此類是也。此李肩吾點注疏對出此字。〔註36〕

此條見於《周禮・地官・司徒第二》:「草人:掌土化之法以物地,相其宜而爲之種。凡糞種,騂剛用牛,赤緹用羊,墳壤用麋,渴澤用鹿,鹹潟用貆,勃壤用狐,埴壚用豕,強檻用蕡,輕爂用犬。」〔註37〕這裡魏了翁說到李從周在點讀注疏時,對出《周禮》中「輕爂用犬」之「爂」被賈公彥誤作「爨」讀,而有所訂正。

(2)《禮記》

李從周在《鶴山渠陽讀書雜鈔》中論「姑姊妹女子子,已嫁而反,兄弟不與同席而坐,不與同器而食,父子不同席」條,謂:

> 肩吾云:「父子不同一句,當連上文。」〔註38〕

此說見於《禮記・曲禮》:「離坐離立,毋往參焉;離立者,不出中間。男女不雜坐,不同椸枷,不同巾櫛,不親授。嫂叔不通問,諸母不漱裳。外言不入於梱,內言不出於梱。女子許嫁,纓;非有大故,不入其門。姑姊妹女子子,已

〔註35〕 〔清〕阮元編:《論語注疏》,《十三經注疏》(台北:藝文印書館,2001年12月),卷九,頁79。

〔註36〕 〔宋〕魏了翁:《鶴山渠陽讀書雜鈔》,《叢書集成新編》(台北:新文豐出版公司,1985年),頁542。

〔註37〕 〔清〕阮元編:《尚書正義》,《十三經注疏》,卷九至卷十六,頁245。

〔註38〕 〔宋〕魏了翁:《鶴山渠陽讀書雜鈔》,頁541。

嫁而反，兄弟弗與同席而坐，弗與同器而食。父子不同席。男女非有行媒，不相知名；非受幣，不交不親。故日月以告君，齊戒以告鬼神，爲酒食以召鄉黨僚友，以厚其別也。取妻不取同姓；故買妾不知其姓則卜之。寡婦之子，非有見焉，弗與爲友。」〔註39〕，李從周解釋「父子不同席」應連前段「姑姊妹女子子，已嫁而反，兄弟弗與同席而坐，弗與同器而食。」理解。

　　另一條論「餕餘不祭，父不祭子，夫不祭妻」，謂：

> 肩吾欲只作祭祀之祭通三句說。然古注之意，謂尊者之餘則祭，盛
> 之也；卑者餘則不祭，亦自好乃祭。先飯之祭。〔註40〕

見於《禮記・曲禮》：「御食於君，君賜餘，器之溉者不寫，其餘皆寫。餕餘不祭。父不祭子，夫不祭妻。御同於長者，雖貳不辭，偶坐不辭。羹之有菜者用梜，其無菜者不用梜。」〔註41〕此處魏了翁說到李從周認爲這裡的「不祭」，皆只作「祭祀」之義解釋便可，但魏了翁以爲古注對於「祭」有身分上的差別，故討論之，而錄於書中。

5、論《語》、《孟》

李從周在《鶴山師友雅言》「論《語》、《孟》」條，謂：

> 李肩吾云：「歲十一月徒杠成，十二月輿梁成，民未病涉也。只在未
> 字上說，縱十一月、十二月亦未病涉耳，以夏正說。」〔註42〕

此說見於《孟子・離婁下》：「子產聽鄭國之政，以其乘輿濟人於溱、洧。孟子曰：『惠而不知爲政，歲十一月徒杠成，十二月輿梁成，民未病涉也。君子平其政，行辟人可也；焉得人人而濟之？故爲政者，每人而悅之，日亦不足矣。』」〔註43〕此處李從周解釋此段話只在「未」上理解是無法知道孟子這段的發生背景，以一般的認知，十一月、十二月乃處隆冬冰封之時，應該不會

〔註39〕　〔清〕阮元編：《禮記正義》，《十三經注疏》（台北：藝文印書館，2001 年 12 月），卷一，頁 36。

〔註40〕　〔宋〕魏了翁：《鶴山渠陽讀書雜鈔》，頁 541。

〔註41〕　〔清〕阮元編：《禮記正義》，卷一，頁 42。

〔註42〕　〔宋〕魏了翁述、稅與權編：《鶴山師友雅言》。

〔註43〕　〔清〕阮元編：《孟子注疏》，《十三經注疏》，（台北：藝文印書館，2001 年 12 月），卷八，頁 141。

有「病涉」，也就是渡河的困擾，故李從周說「以夏正說」，點出了這裡的「十一月」、「十二月」是指周曆，夏曆為「九月」、「十月」正值秋收之時，此時農事已畢，可以徵招民工。朱熹也注曰：「下令曰九月除道，十月成梁。蓋農功已畢，可用民力。」〔註44〕指秋收以後修橋梁可抽調民力去完成。

6、論字義訓詁

李從周在《鶴山渠陽讀書雜鈔》中論「月三日則成魄霸」條，謂：

> 朱氏曰：「魄者，月之有體而無光處也。故《書》言哉生明旁死魄，皆謂月二三日月初生時也。凡言既生魄，皆謂月十六日，月始闕時也。〈鄉飲酒義〉，兩言月三日而成魄，則是漢儒專門陋學，未嘗讀《尚書》之言耳。疏知其謬而曲狥之。故既言月明盡而生魄，又言月二三日而生魄，何相戾之甚也。

> 愚（此指魏了翁）按《說文》於「霸」字下釋云：「始生霸然也。承大月二日，承小月三日，從月，䨣聲。《周書》曰：『哉生霸。』」以此言之，霸魄之義，容有不同。此魄字疑當作霸，《書》亦然。李肩吾云：「三日則魄。如朱文公所謂魄，則當作霸字。」〔註45〕

此條見於《禮記‧鄉飲酒義》：「賓主象天地也；介僎象陰陽也；三賓象三光也；讓之三也。象月之三日而成魄也；四面之坐。象四時也。」〔註46〕與「賓必南鄉。東方者春，春之為言蠢也，產萬物者聖也。南方者夏，夏之為言假也，養之、長之、假之，仁也。西方者秋，秋之為言愁也，愁之以時察，守義者也。北方者冬，冬之言中也，中者藏也。是以天子之立也，左聖鄉仁，右義偝藏也。介必東鄉，介賓主也。主人必居東方，東方者春，春之為言蠢也，產萬物者也；主人者造之，產萬物者也。月者三日則成魄，三月則成時，是以禮有三讓，建國必立三卿。三賓者，政教之本，禮之大參也。」〔註47〕

此條乃魏了翁與李從周在討論朱熹認為「魄」應該如《尚書》中所言，魄在是月初是死滅，到月中十六日時才生魄，駁斥漢人月二三日生魄之說，而魏

〔註44〕 〔宋〕朱熹：《四書集注》（京都：中文出版社，1984年），頁15。

〔註45〕 〔宋〕魏了翁：《鶴山渠陽讀書雜鈔》，頁550。

〔註46〕 〔清〕阮元編：《禮記正義》，《十三經注疏》，卷四十五，頁4。

〔註47〕 〔清〕阮元編：《禮記正義》，《十三經注疏》，卷四十五，頁8。

氏則引《說文》之解釋，認爲月初所生爲「霸」、月中則爲「魄」，李氏也認爲
「三日則魄」應作「霸」解。

　　另一條論「《儀禮・士喪禮》君使人弔，徹帷，主人迎于寢門外云云」謂：

> 鄭注：「寢門，內門也。徹帷，戻之事畢則下之。」李肩吾云：「帷
> 宸，孔疏訓褰舉，當是之下絕句。」按《說文》「戻，閉也。從戶，
> 劫省聲。」則宜事字下絕句，蓋戻合通，賈疏謂褰帷而上非，謂全
> 撤去，亦未安。〔註48〕

此條見於《儀禮・士喪禮第十二》：「君使人弔，徹帷，主人迎于寢門外，見賓，
不哭；先入，門右北面。弔者入，升自西階，東面。主人進中庭，弔者致命。
主人哭，拜稽顙，成踊。賓出，主人拜送于外門外。君使人襚，徹帷，主人如
初，襚者左執領，右執要，入，升致命。主人拜如初，襚者入衣尸，出，主人
拜送如初。唯君命出，升降自西階，遂拜賓，有大夫則特拜之，即位于西階下。
東面，不踊。大夫雖不辭，入也。」〔註49〕此處李從周認爲此段話應從「即位
于西階下。」停止，而魏了翁則認爲不妥。

　　在《鶴山師友雅言》中也有討論字義之說，謂：

> 鶴山云：「典則制度字皆有義。典是竹爲冊而六相承之制，如制幣之
> 制有尺寸。

> 又云：因講《易》與天地準說，準字本如淮字而尾長象隼水取聲。
> 自後魏有趙準反，時云要知其名，淮水不足乃只兩點而又添下一十
> 字，至今錯李肩吾準本字準。」

> 又云：「間厠字李肩吾說未見出處，惟武帝距厠見衛青，音訓謂床邊
> 爲厠。厠字〈汲黯傳〉大將軍青侍中上距厠視之、〈劉向傳〉皆有〈劉向傳〉
> 上疏諫曰孝文皇帝居霸陵北臨厠服虔注曰厠側近水韋昭曰高岸夾水爲厠也，一處注作
> 「行清」万石君傳建爲郎中每五日歸謁親切問侍者取親中帬厠牏身自澣洒蘇林注曰貫
> 遠解周官云牏行清也孟康注曰厠行清□中受糞函者也師古曰注中帬荅今言中衣厠牏者近
> 身之小衫若今汗衣，『行清』字《儀禮・喪服傳》有又儀礼既夕礼向人築拎坎隸

〔註48〕　〔宋〕魏了翁：《鶴山渠陽讀書雜鈔》，頁 551。

〔註49〕　〔清〕阮元編：《儀禮注疏》，《十三經注疏》（台北：藝文印書館，2001 年 12 月），
　　　　　卷三十五至卷三十七，頁 410。

> 人涅厠塞厠也『霸陵帝臨厠』謂夾岸處見劉向傳，又〈張釋之傳〉從行至霸陵
>
> 上居外臨厠。師古曰岸之邊側也〔註50〕

此處主要是魏了翁在論說字義，期間引述李從周說「準」本字作「準」，並爲李肩吾不見「間厠」之出處，提出《漢書》中的材料，以爲論說。

在《鶴山渠陽讀書雜鈔》中論《禮記・雜記上》「朝夕哭不帷」條，謂：

> 鄭注緣孝子之心，欲見殯䰱也。旣出則施其扆，鬼神尚幽闇也。陸
> 釋《字林》，扆，戶臘反，閉也。《篆文》云古闔字。《玉篇》羌據、
> 公答二反。《正義》曰：「鄭注會《儀禮》注也。」則扆是襃舉之名，
> 初哭則襃舉，事畢則施下之。案義疏與注釋意異，肩吾云：「與合同。」

〔註51〕

此條見於《禮記・雜記上》：「凡婦人，從其夫之爵位。小斂、大斂、啓，皆辯拜。朝夕哭，不帷。無柩者不帷。君若載而后弔之，則主人東面而拜，門右北面而踊。出待，反而后奠。」〔註52〕此處是魏了翁與李從周在討論「旣出則施其扆」之「扆」字之義，《字林》解釋作「閉也」，《篆文》作「闔」之古字，李從周認爲與「合」相同。

7、論音韻
（1）音 切

李從周討論音韻的部分，依上述輯考之材料在《鶴山渠陽讀書雜鈔》中論《儀禮》「緇布冠缺頂」，謂：

> 鄭氏曰：「缺讀如有頍者之頍。」去蕊反。李微之謂先儒音字，止
> 爲譬況，至孫炎，始爲反切。李肩吾以爲不然，謂杜元凱曾有音二
> 字：僖七年泥音寧；成二年殷音煙。王輔嗣於井卦音如舉上之上；
> 遯卦音如臧否之否，蓋是時方有音字，至沈約分四聲韻，亦有反切。

〔註53〕

此條見於《儀禮・士冠禮第一》：「夙興，設洗，直于東榮。南北以堂深。水在

〔註50〕〔宋〕魏了翁述、稅與權編：《鶴山師友雅言》。

〔註51〕〔宋〕魏了翁：《鶴山渠陽讀書雜鈔》，頁546。

〔註52〕〔清〕阮元編：《禮記正義》，《十三經注疏》，卷二十，頁724。

〔註53〕〔宋〕魏了翁：《鶴山渠陽讀書雜鈔》，頁541。

洗東,陳服于房中西墉下,東領北上。爵弁服:纁裳,純衣,緇帶,韎韐。皮弁服:素積,緇帶,素韠。玄端:玄裳、黃裳、雜裳可也,緇帶,爵韠。緇布冠缺項,青組纓屬于缺;緇纚,廣終幅,長六尺;皮弁笄,爵弁笄,緇組紘,纁邊;同篋。櫛實于簞。蒲筵二,在南。側尊一甒醴,在服北;有篚實勺、觶、角柶,脯醢,南上。爵弁,皮弁,緇布冠,各一匴,執以待于西坫南,南面東上。賓升則東面。」〔註54〕此處記載了李從周反駁李微之「先儒音字,止為譬況,至孫炎,始為反切。」的見解,舉出在杜預注《左傳》與王弼注《周易》存有注音的證明,並認為沈約分四聲韻作《四聲譜》中也有反切注音,不只孫炎而已。

　　李從周對於反切的見解在《鶴山師友雅言》「論音切」部分也有論說,謂:

李肩吾云:「貫逵只有音,自元魏胡僧神珙入中國方有四聲反切。」

鶴山云:「李肩吾說古聖賢無四聲韻,自康成不曾有反切,惟王輔嗣《周易》內有反切兩箇_{避井}。鄭玄只說讀如某,無反切。」

鶴山云:「鄭康成時未有音切,止稱呼如某字,王輔嗣注《易》始音某音某者二。至唐胡音大傳中國,有音有反切,皆胡言也。」<small>王輔嗣注《易》遯卦音咸否之否又大過卦音相過之過井卦音舉上之上杜預傳僖七年盟于寗</small>

<small>母經注泥丹亭音如寗二年左輪未殷注□音近□</small>〔註55〕

此處記載了李從周認為元魏的胡僧神珙入中國才傳入反切注音的方法,所以在東漢賈逵注經只有音,鄭玄時注解各經,也尚未有反切。但是到了三國的王弼注《周易》與西晉的杜預注《左傳》,則有接近於反切的注音方式,而底下魏了翁則補充了前說,舉出鄭玄作「乎如某字」以及王弼、杜預作「音某音某」注音方式的差別。清人錢大昕在《十駕齋養新錄》中對此提出兩點訂正,其一,孫炎是曹魏時人,孫炎確實已用反切,且在元魏之前;其二,神珙也非元魏時僧人,而是唐代僧人。〔註56〕而魏了翁說「至唐胡音大傳中國,有音有反切,皆胡言也。」也存在錯誤的認知,在《顏氏家訓》中說到:「反切之學,起於漢

〔註54〕〔清〕阮元編:《儀禮注疏》,卷一至卷三,頁7。

〔註55〕〔宋〕魏了翁述、稅與權編:《鶴山師友雅言》。

〔註56〕詳見〔清〕錢大昕:《十駕齋養新錄》(台北:臺灣商務印書館,1965年),頁89。

魏之際。」〔註57〕顏師古注釋《漢書》時，也引用到東漢應劭的反切注音，故李從周此處所論反切之始，實有錯誤。

（2）上古音

李從周討論上古音者，見於《鶴山師友雅言》中「論經叶韻」的部分，謂：

> 鶴山云：「《詩》、《易》叶韻自吳材老斷然言之。」械
>
> 李肩吾云：「九經互考出來，古無四聲韻，只共有九韻。小東大東，杼柚其空。吳材老以爲陽字韻，不必如此。東字兩韻叶，陽字韻各叶，它皆然。」
>
> 鶴山云：「《易》中華字多叶莘與《詩》韻同。」又云：「潛龍勿用，下也。見龍在田，時舍也。以爲經無下馬一韻，九下皆音虎，如此時舍字亦音庶。」
>
> 又楊季穆、王子正曾在潼川郡齋云：「不特乾有時舍與下叶，井卦亦有之。
>
> 鶴山荅云：井泥不食下也。亦音虎。舊井無禽時舍也。」亦音庶。
>
> 鶴山云：「六經中無茶馬下字韻，盡作茶母虎無来字韻，又從黎音。」
>
> 李肩吾云：「《毛詩》報之以瓊玖叶音几。孔子以前九皆音几，至孔子傳《易》有糾音，乃是不可久也。叶天德不可爲首也。至雜卦説咸速也、恒久也、渙離也、節止也。其久字又叶止讀，疑雜卦是孔子以前書。」
>
> 鶴山謂：「黃熊入羽淵。注疏家以或從能叶十七登韻，或從熊叶一東韻，以此知能叶東，《詩》多如此。」〔註58〕

此處李從周提出了「古無四聲韻，只共有九韻」的說法，其認爲上古韻，不分平上去入四聲，四聲通爲一韻，並認爲古人只分九韻，但作何九韻，不見李從周相關論說，無法考證。張民權先生在《宋代古音學與吳棫詩補音研究》中認爲李從周的九韻說「大致是在鄭庠古韻六部的基礎上，將東冬鍾三韻與

〔註57〕〔隋〕顏之推：《顏氏家訓》（上海：上海古籍出版社，1980年），頁473。

〔註58〕〔宋〕魏了翁述、稅與權編：《鶴山師友雅言》。

陽唐二韻分開。」〔註59〕張先生引用魏了翁在〈邛州先茶記〉和《鶴山師友雅言》中所論「古無麻韻」與「古無來韻，只從黎音」的看法，可能也影響到李從周對上古韻的觀點，他說：「因爲『古無麻韻』，如此則切斷了魚運與歌韻的聯繫，故此二部可以分開；又因爲『古無來韻，只從黎音』，則《廣韻》支脂之微齊佳皆灰咍九韻爲一部。如果再把尤侯幽與蕭宵肴豪分開，則爲九部。不知李氏是否如此劃分。」〔註60〕

　　李從周論「小東大東，杼柚其空。吳材老以爲陽字韻，不必如此。東字兩韻叶，陽字韻各叶，它皆然。」乃在考證《詩經・小雅・大東》第二章：「小東大東，杼柚其空。糾糾葛屨，可以履霜。佻佻公子，行彼周行。既往既來，使我心疚。」〔註61〕此章分「東空」一韻，「霜行」一韻，「來疚」一韻，共三韻，此處李從周糾正了吳棫《詩補音》中的錯誤。〔註62〕

　　李從周所謂「九經互考出來，古無四聲韻，只共有九韻。」與「古聖賢無四聲韻」的看法，張民權先生考云：「宋儒大多認爲，古人四聲不分。……李從周所謂『九經中考出古無四聲韻』和『古聖賢無四聲韻』之說，實在是一種代表性意見。」〔註63〕李從周對於上古音韻的見解，雖不完整，但是實先於明代陳第古無四聲說和清初顧炎武古人四聲一貫說，對於現在研究上古音韻學的歷史，具有參考之價值。

（三）詞　作

　　李從周的詞作，見唐圭璋《全宋詞》據趙萬里所輯之《蠙洲詞》，茲錄如下：〔註64〕

　　玲瓏四犯

　　初撥琵琶，未肯信，知音眞個稀少。盡日芳情，縈繫玉人懷抱。須
　　待化作楊花，特地過、舊家池沼。想綺窗、刺繡遲了，半縷茜茸微

〔註59〕張民權：《宋代古音學與吳棫詩補音研究》（北京：商務印書館，2005 年 5 月），頁 76。
〔註60〕張民權：《宋代古音學與吳棫詩補音研究》，頁 76。
〔註61〕〔清〕阮元編：《毛詩正義》，《十三經注疏》，卷九至卷十五，頁 436。
〔註62〕張民權：《宋代古音學與吳棫詩補音研究》，頁 76。
〔註63〕張民權：《宋代古音學與吳棫詩補音研究》，頁 77。
〔註64〕唐圭璋等編：《全宋詞》（北京：中華書局，1999 年）。

繞。舊時眉嫵貪相惱。到春來、爲誰濃掃。新歸燕子都曾識，不敢教知道。長是倦出繡幕，向夢裏、重謀一笑。怎得同攜手，花階月地，把愁勾了。(《陽春白雪》卷四)

抛球樂

風胃蔫紅雨易晴。病花中酒過清明，綺窗幽夢亂於柳，羅袖淚痕凝似餳。冷地思量著，春色三停早二停。(《陽春白雪》卷六)

謁金門

花似匝。兩點翠蛾愁壓。人又不來春宜恰。誰留春一霎。

消盡水沈金鴨。寫盡杏牋紅蠟。可奈薄情如此點。寄書渾不答。

一叢花令

梨花隨月過中庭。月色冷如銀。金閨平帖陽臺路，恨酥雨、不掃行雲。妝褪臂閒，髻慵簪卸，盟海浪花沈。洞簫清吹最關情。腔拍懶溫尋。知音一去教誰聽，再拈起、指法都生。天闊雁稀，簾空鶯悄，相傍又春深。(以上二首見《陽春白雪》卷七)

風流子

雙燕立虹梁。東風外、烟雨溼流光。望芳草雲連，怕經南浦，葡萄波漲，怎博西涼。空記省，淺妝眉暈斂，胃袖唾痕香。春滿綺囉，小鶯捎蝶，夜留弦索，么鳳求凰。江湖飄零久，頻回首、無奈觸緒難忘。誰信溫柔牢落，翻墜愁鄉。仗玉牋銅爵，花間陶寫，寶釵金鏡，月底平章。十二主家樓苑，應念蕭郎。(《陽春白雪》卷八)

清平樂

美人嬌小。鏡裏容顏好。秀色侵人春帳曉。郎去幾時重到。叮嚀記取兒家。碧雲隱映虹霞。直下小橋流水，門前一樹桃花。

風入松冬至

霜風連夜做冬晴。曉日千門。香葭暖透黃鐘管，正玉臺、彩筆書雲。竹外南枝意早，數花開對清樽。香閨女伴笑輕盈。倦繡停鍼。花甌

一線添紅景，看從今、迤邐新春。寒食相逢何處，百單五箇黃昏。

烏夜啼

徑蘚痕沿碧甃，簷花影壓紅闌。今年春事渾無幾，游冶懶情慳。舊
夢鶯鶯沁水，新愁燕燕長干。重門十二簾休捲，三月尚春寒。

清平樂

東風無用。吹得愁眉重。有意迎春無意送。門外涇雲如夢。韶光九
十慳慳。俊遊回首關山。燕子可憐人去，海棠不分春寒。

鷓鴣天

綠色吳箋覆古苔。濡毫重擬賦幽懷。杏花簾外鶯將老，楊柳樓前燕
不來。倚玉枕，墜瑤釵。午窗輕夢繞秦淮。玉鞭何處貪游冶，尋徧
春風十二街。（以上五首見《絕妙好詞》卷三）

上述《蠙洲詞》趙萬里主要從南宋末年趙聞禮編著的《陽春白雪》與周密所編
的《絕妙好詞》中所輯出，其中〈謁金門〉這闋詞，《陽春白雪》中記為「李好
古仲敏」所作，見《陽春白雪》中所錄李從周之名號，有「李從周肩吾」、「李從
周子我」、「李從周蠙洲」三種稱呼，[註65] 其中「肩吾」見諸上述魏了翁等人所
稱，而「子我」、「蠙洲」則見於元末明初陶宗儀所編《書史會要》，皆不見「好
古」、「仲敏」之名號，而《陽春白雪》載云：「好古字仲敏，原籍下邽」，[註66]
下邽為今陝西渭南東北，前述所考李氏乃四川眉州彭山人，故趙萬里先生將〈謁
金門〉這闋詞歸於李氏所作，應有錯誤。

　　以上大略的考證李氏之生平與師友交遊情形，可以了解到其屬於南宋大儒
魏了翁的學術社群，交遊來往多屬魏氏師友門人或子弟，且活動的範圍大抵是
就其鄉里——四川彭山為主，與附近邛州、眉州、巴郡等地的文人士子往來，
期間則隨魏氏貶居靖州，其後魏氏於嘉熙元年逝世之後，則李氏未再見諸其他
筆錄史籍之中。

　　李從周的學術，主要以文字音韻之學與書法名世，為時人所推崇，其與魏
了翁論考經書字義以及古音的見解，可以發現在以理學為主流的宋代學壇，李

〔註65〕 詳見〔宋〕趙聞禮：《陽春白雪》（上海：上海古籍出版社，1993 年 6 月）。

〔註66〕 〔宋〕趙聞禮：《陽春白雪》，頁 476。

氏則擅於文字音韻的考訂，顯示出其別於當時的特色。由此項特點，可以作爲本論文研究《字通》一書的編纂背景之參考。對於李氏關於上古音韻之論說，也具有進一步延伸探究的價值。

第二節　《字通》之著錄及版本

本節旨在考述目前所刊刻流傳之《字通》版本，及自宋代以來的主要書目中所登載之《字通》資料，以明白本書之版刻與相關著錄之內容。

一、著　錄

自宋以來歷代藏書目錄中著錄《字通》者如下所列，茲分別論述如下：

（一）《直齋書錄解題》

宋代之私家書目錄有《字通》一書者，見於陳振孫《直齋書錄解題》，記於卷三，經類，載曰：「《字通》一卷。彭山李從周肩吾撰。」〔註67〕此條爲《字通》目前所見最早之著錄。

（二）《宋史·藝文志》

《宋史》〈藝文志〉卷二百二，經部之「小學」類載曰：「李從周《字通》一卷。」〔註68〕

（三）《述古堂藏書目》

此書目爲清代錢曾私家藏書之著錄，卷一「六書」類載曰：「李從舟《字通》一卷一本鈔」〔註69〕可知錢曾所藏乃鈔本，其中李從舟應作「周」。

（四）《也是園藏書目》

此爲錢曾另一藏書目錄，將《字通》歸屬於「字書」類，載曰：「李從周《字通》一卷述六書李從舟《字通》一卷一本鈔　敏字學」〔註70〕「述六書」乃《述古

〔註67〕　〔宋〕陳振孫：《直齋書錄解題》（上海：上海古籍出版社，1987 年 11 月），頁 95。

〔註68〕　〔元〕脫脫等：《宋史》，《四部備要》（台北：台灣中華書局，1965 年），頁 17。

〔註69〕　〔清〕錢曾：《述古堂藏書目》，《叢書集成初編》（北京：中華書局，1985 年），頁 6。

〔註70〕　〔清〕錢曾：《虞山錢遵王藏書目錄彙編》（上海：上海古籍出版社，2005 年 11 月），頁 25。

堂藏書目》之簡稱，謂歸於「六書」類。又「敏字學」則爲錢曾《讀書敏求記》之簡稱，謂歸於「字學」類。

（五）《讀書敏求記》

錢曾所撰《讀書敏求記》著錄《字通》一書，卷一「字學」類，曰：「李從舟，《字通》一卷。彭城李肩吾，以點畫偏旁粹類成書，魏了翁爲之序。」〔註71〕

世豪謹案：《讀書敏求記校證・記校》一之下清人章鈺之考證，「李從舟」條下曰：「〔補〕黃丕烈云『周』誤『舟』。」〔註72〕此乃黃丕烈訂「舟」爲「周」字之誤。而於「《字通》一卷」條下曰：「述古目注鈔字。〔補〕勞權云：『此書見恬裕目，係舊鈔本，前有嘉定十三年魏了翁序，後有寶祐甲寅虞兟跋。』」〔註73〕此處記勞權說明此書爲舊鈔本，有見於「恬裕目」，「恬裕」乃清代藏書家瞿紹基之書齋名，其致力於藏書，歷十年，積 10 萬餘卷，多宋、元善本。繼又得同邑陳氏稽瑞樓、張氏愛日精廬散出諸書，藏書之名更著。其書室名恬裕齋，有《恬裕齋藏書記》，故知在瞿紹基之藏書目錄中也錄有《字通》。

「彭城李肩吾」條下曰：「鈺案：《四庫提要》云：『從周仕履無考。』」〔註74〕此乃章鈺引《四庫提要》對李從周生平之述語。「以點畫偏旁粹類成書，魏了翁爲之序」條下曰：「〔補〕黃丕烈云：『肩吾魏文靖門人，能書。』鈺案：黃說本《書史會要》，嘗爲文靖從子令憲書鄉黨篇，見《魏鶴山集》。」〔註75〕此則論考黃丕烈論李從周其人之說本之於明代陶宗儀所編之《書史會要》，並補充在《魏鶴山集》中有李從周之事蹟。

（六）《四庫全書總目》

《四庫全書總目》於經部「小學」類，字書之屬中載曰：「《字通》一卷兩淮鹽政採進本」，依上述版本流傳之說，此乃毛氏汲古閣影宋本。

〔註71〕〔清〕錢曾撰、章鈺校證：《讀書敏求記校證》（台北：廣文書局，1987 年），頁206～207。

〔註72〕〔清〕錢曾撰、章鈺校證：《讀書敏求記校證》，頁 206。

〔註73〕〔清〕錢曾撰、章鈺校證：《讀書敏求記校證》，頁 206～207。

〔註74〕〔清〕錢曾撰、章鈺校證：《讀書敏求記校證》，頁 207。

〔註75〕〔清〕錢曾撰、章鈺校證：《讀書敏求記校證》，頁 207。

（七）《拜經樓藏書題跋記》

清吳騫、吳壽暘父子所編，卷一載錄「字通」一條，並作提要說明。

（八）《鐵琴銅劍樓藏書目錄》

清瞿鏞（1794～1836）所編，卷七載錄「字通一卷舊鈔本」，注曰：「宋李從周撰，前有嘉定十三年魏了翁序，後有寶祐甲寅虞忱跋。錢遵王藏本，見《敏求記》。」〔註76〕又小注曰：「卷末有虞山錢曾遵王藏書、彭城世家二朱記。」〔註77〕知此著錄版本乃是錢曾原來之收藏，故有錢氏朱印。

（九）《善本書室藏書志》

清末藏書家丁丙（1832～1899）所撰，卷五，載錄「字通」一條，並注曰：「精寫本，重遠樓藏書」〔註78〕後有提要說明，其中「重遠樓藏書」，丁丙於提要中說此精寫本有「重遠樓書印」並說「重遠樓爲山陰楊鼎藏書之所。」〔註79〕楊鼎爲明朝陝西咸寧（今西安）人官至太子少保、戶部尚書，由此可推知明代楊鼎也曾藏錄《字通》，但今其書目不傳，無資可考，故本文不另立項目討論。

（十）《宋元本行格表》

清江標（1860～1899）編著，載錄「字通」三條。其一見於卷上「經」之屬，曰：「宋本《字通》，行大字十八，小字夾行二十。」〔註80〕下注有「吳壽暘《拜經樓藏書記》」知乃承上述吳騫、吳壽暘父子之拜經樓藏書書目而來。

其二見於卷下，曰：「毛氏景宋本《字通》，行十八字，小夾行二十字。一卷。」〔註81〕下注明「《簡明目錄》批注本。」知此條襲錄於《增訂四庫簡明目錄標注》，此書乃清代邵懿辰針對乾隆時編纂之《四庫全書簡明目錄》，將所知所見諸書歷代主要版本，列舉分注於每書之下，還補充了一些有關書籍。對各

〔註76〕 〔清〕瞿鏞：《鐵琴銅劍樓藏書目錄》（台北：廣文書局，1967 年 8 月），頁 428。

〔註77〕 〔清〕瞿鏞：《鐵琴銅劍樓藏書目錄》，頁 428。

〔註78〕 〔清〕丁丙：《善本書室藏書志》（台北：廣文書局，1967 年 8 月），頁 255。

〔註79〕 〔清〕丁丙：《善本書室藏書志》，頁 256。

〔註80〕 〔清〕江標：《宋元本行格表》，《宋元版書目題跋輯刊》（北京：北京圖書館出版社，2003 年），頁 498。

〔註81〕 〔清〕江標：《宋元本行格表》，頁 650。

本的存佚，刻本的善否，時有論述。之後，孫詒讓等人又進行補注。1911 年邵章將補注列爲附錄，與邵注一併刊印，名曰《四庫簡明目錄附注》，其後邵章又作續錄，側重收錄清咸豐以後版本，增補了不少資料。一九五九年整理出版時，進行增訂，續錄也一併收入，使本書成爲一部比較完善的版本目錄書。

其三見於卷下，曰：「元本魁本排《字通》併《禮部韻注》，行小字約四十一二字。」〔註82〕下注明「每卷目錄四排。留眞譜。」可知此條爲元代之版本，「魁本」意即最好的版本，又「留眞譜」爲清末楊守敬編中國最早編印的古籍書影圖譜。此乃楊守敬黎庶昌出使日本的期間，搜羅在日本流傳之散佚的漢學古籍。依經、小學、史、子、醫、集、佛藏、雜部、群書治要等類次編排。除收錄宋元刻本、舊抄本的書影外，還包括明代刻本和朝鮮刻本的書影。有的還附有批語和題跋，且注明出處。知江標此條乃承錄於《留眞譜》，其編輯則與《禮部韻注》合併。

二、版　本

筆者考察目前在各類叢書和各家圖書目錄以及各地館藏之《字通》版本有十四種，茲依版本刊刻時代分述如下：

（一）宋寶祐二年虞兟刻本

此版本爲《字通》目前所見最早之刻本，《增訂四庫簡明目錄標注》邵友誠〈續錄〉記載其版刻內容曰：「宋寶祐甲寅虞兟刊本。宋本，葉十行，行大字十八，小字夾行二十，精鈔本。」〔註83〕考《字通》書後虞兟之跋語曰：「幸寶藏此編，得逃刧燼，用鋟諸梓，以壽其傳。竝記所聞，將與承學之士共之，寶祐甲寅秋八月丁丑，雕國虞兟謹識。」可知「寶祐」乃南宋理宗之年號，「甲寅」爲寶祐二年。虞兟爲魏了翁之女婿，而李從周爲魏了翁講學之友，彼此相善，故此版本爲虞兟所刊刻，應是李從周所著原本之外，同時代之刊刻本，今雖見於各書目著錄，但原刻已失傳。

（二）元龔觀刻本

〔註82〕〔清〕江標：《宋元本行格表》，頁 659。

〔註83〕〔清〕邵懿辰撰、邵章續錄：《增訂四庫簡明目錄標注》（上海：上海古籍出版社，1959 年 12 月），頁 170～171。

元代虞集《道園學古錄》〈題李肩吾字通序〉曰：「豫章龔觀學篆字得李氏《字通》而書之，將刻梓以貽諸好事」〔註84〕可知元代龔觀因為學習篆字，而獲得李從周《字通》一書，並刊刻付梓，同時代的虞集為虞兟之子孫，且可能受龔觀之託為此書作序，故於元代有此版本，今已不傳。

（三）明毛氏影宋本

《增訂四庫簡明目錄標注》曰：「知不足齋本。毛氏汲古閣影宋本。每葉十行，每行大字十八，小字夾行二十。」〔註85〕考清代黃戉為《字通》所作之跋語曰：「戉充四庫館寫書之官，乃獲毛氏影宋本，因錄其副藏之篋中。」〔註86〕知黃戉在四庫館時所見乃明代毛氏影宋之版本。

（四）清初鈔本

此鈔本見於清初藏書家錢曾（遵王）之述古堂藏書，並有錢曾之批注，此本今藏於中國北京中國國家圖書館。考明代毛晉為江蘇虞山（今江蘇常熟）人，上述《字通》之版本有毛晉汲古閣之藏本，而錢曾也為虞山人。父親錢裔肅和族曾祖錢謙益都是藏書家，受其影響，錢曾年輕時即有志於收藏古籍，訪求圖書不遺餘力。他入清後便無意仕途，順治十八年（1661）在江南奏銷案中因欠賦被革去生員。他繼承了其父的藏書，後來又得到了錢謙益的絳雲樓焚餘之書，使藏書聚至4100餘種，其中有很多宋元刻本和精抄本，成為繼錢謙益絳雲樓和毛晉汲古閣之後的江南藏書名家。錢曾的藏書室先後命名為述古堂和也是園，故錢曾可能得見於毛氏影宋之版本而抄錄於藏書中。

（五）清黃戉影宋鈔本

此版本乃黃戉任職四庫館寫書官時，見明代毛氏影宋本，而鈔錄之，其曰：「乃獲毛氏影宋本，因錄其副藏之篋中。八年於茲矣，頃隨南厓夫子試士子衢州，屬王君澤校而錄之。」〔註87〕可知黃戉影鈔毛氏影宋之版本後八年才由王澤校訂謄錄，今藏於臺灣國立故宮博物院。

〔註84〕〔元〕虞集：《道園學古錄》（台北：台灣中華書局，1965 年），卷四十，頁 8。

〔註85〕〔清〕邵懿辰撰、邵章續錄：《增訂四庫簡明目錄標注》，頁 171。

〔註86〕〔宋〕李從周：《字通》，頁 449。

〔註87〕〔宋〕李從周：《字通》，頁 449～450。

（六）清鈔本

此鈔本後有清末藏書家丁丙之跋語，今藏於中國南京圖書館。

（七）清乾隆寫文淵閣四庫全書本

《四庫全書總目題要》所錄《字通》注明來源曰「兩淮鹽政採進本」，此採進本乃清乾隆年間時任兩淮鹽政的李質穎進呈之舊鈔本，此本見黃戊之跋語，應爲毛氏影宋本。今《四庫全書》於民國72年由臺灣商務印書館影印刊行，其中所錄《字通》應謄抄於毛氏影宋之版本而來，錄於經部小學類第二字書之屬。

卷首有四庫館臣所作之〈字通提要〉，次爲魏了翁所作之〈字通原序〉，並於魏序之後列「周禮六書」：「象形日月之類」、「會意武信之類，人言爲信，止戈爲武」、「轉注考老之類」、「指事上下之類，人在一上爲上，人在一下爲下」、「假借令長之類，一字兩用」、「諧聲形聲爲一江河之類，以水爲形，工可爲聲，左形右聲；鳩鴿之類，以鳥爲形，九合爲聲，右形左聲；草藻之類，上形下聲；婆娑之類，上聲下形；圍國之類，外形內聲；衡衍之類，內形外聲，凡諧聲之等有六」。然後爲李從周著《字通》之語「字而有隸……名之曰《字通》。」且依據89類作目錄，分卷上、卷下，卷上由「上一點類」至「旁几字類」共47類，卷下從「勹字類」至「豕字類」共42類。其後爲《字通》之內容，分卷上卷下之排列，附錄82字也歸於卷下之中，最後附虞姚之跋。

（八）清乾隆寫文溯閣四庫全書本

同文淵閣版本。

（九）清乾隆寫文津閣四庫全書本

同文淵閣版本，分作卷上卷下，但卷首無「周禮六書」與89類之目錄。

（十）清乾隆寫文瀾閣四庫全書本

同文淵閣版本。

（十一）清乾隆道光間長塘鮑氏刻知不足齋叢書本

爲清乾隆道光間長塘鮑氏所刻，《增訂四庫簡明目錄標注》曰：「知不足齋本。毛氏汲古閣影宋本。每葉十行，每行大字十八，小字夾行二十。」[註88]

〔註88〕〔清〕邵懿辰撰、邵章續錄：《增訂四庫簡明目錄標注》，頁171。

可知鮑氏刻知不足齋叢書本承毛氏汲古閣影宋本而來，劉志誠《中國文字學書目考錄》中論此版本：「系黃鉞四庫繕寫時錄毛氏影宋本於雍正六年再刊。」〔註89〕考黃鉞為上述之黃戉，字左田，號左君，又號壹齋、左盲，生於乾隆十五年（1750年），卒于道光二十一年（1841年），歷仕乾隆、嘉慶、道光三朝。乾隆三十八年（1773年）十月，年僅23歲的黃戉在太平府學政使院參加歲試，安徽提督學政朱筠閱其卷，稱其為奇才異能，朱氏在離開當塗回京時，黃戉隨其入京應試，卻未中榜，但得以在四庫館膳寫文書。可知黃戉乃於乾隆以後才入四庫館，所膳抄之《字通》依其本人所云乃八年後才請王澤校錄，故劉志誠所論於雍正六年再刊顯屬錯誤，但依《增訂四庫簡明目錄標注》所著錄，可以確信知不足齋所刻應本之於毛氏影宋本。此本於民國10年上海古書流通處影印清乾隆道光間長塘鮑氏刻知不足齋叢書，又於民國24年至26年上海商務印書館據知不足齋叢書本影印編入《叢書集成初編》。

（十二）藝苑叢鈔本

《中國古籍善本書目·叢部·彙編叢書四》中叢部編號273著錄：「《字通》一卷。宋李從周撰。藝苑叢鈔一百六十三種三百二十六卷〔清王耤編，稿本〕。」〔註90〕循此之記載，覆考「藝苑叢鈔一百六十三種三百二十六卷〔清王耤編，稿本〕」之資料，得知其中第2種就是《字通》，原書後來為傅增湘購得，今藏於湖北省圖書館。

（十三）清光緒八年鈔本

《文字音韻訓詁知見書目》著錄，有清光緒八年鈔本，注明藏於北京。

（十四）影鈔本

《文字音韻訓詁知見書目》著錄有影鈔本，今藏中國北京國家圖書館。

以上共十四種版本，依據著錄與序跋材料的說明，可顯示出虞愷作跋的版本是目前見載於著錄中最早的版本，元代的龔觀刻本只見於虞集〈題李肩吾字通序〉，並無流傳之著錄，而明代毛氏的影宋本，其云影宋而來，其承襲版本或許近於虞愷之刻本。此外毛氏刻本在流傳過程中曾收錄於錢遵王的述古堂藏

〔註89〕劉志誠：《中國文字學書目考錄》（成都：巴蜀書社，1997年8月），頁86。

〔註90〕詳參中國古籍善本書目編輯委員會編：《中國古籍善本書目》（上海：上海古籍出版社，1990年），頁482～488。

書，所以錢氏的清初鈔本應乃影鈔於毛氏刻本而來。爾後毛氏影宋本收錄於四庫館中，黃丕謄抄而出贈與鮑廷博刻入《知不足齋叢書》。其於如藝苑叢鈔本、光緒八年鈔本等，目前分散藏錄於各圖書館中，查驗不易，但據時代和版本之流傳推測，可能皆影鈔自《四庫全書》之版本，尚待查考。

　　本論文以《四庫全書》與《知不足齋叢書》之版本爲底本，互相校勘，《四庫全書》本一頁 12 行，每行 18 字，註文小字雙行，每行 20 字。左右雙欄，版心白口，單、黑魚尾，魚尾上方記「欽定四庫全書」，下方記《字通》書名與卷次、頁次。《知不足齋叢書》本一頁 10 行，每行 18 字，註文小字雙行，每行 20 字。左右雙欄，版心白口，中間記《字通》書名與葉次，下方記「知不足齋叢書」，虞犉跋語後有「﹝印﹞」（毛晉私印）與「﹝印﹞」（子晉）二方印記。此二版本，皆以明代毛氏影宋本爲底本影鈔，雖然行款與版式有所出入，但內容差別不大，且今流傳翻印之《字通》版本，以此二版本爲主，故依此二版爲考述內容之底本。

第三章 《字通》編輯析論

第一節 《字通》之編輯背景與動機探述

　　欲考察《字通》之體例，必先探討其編輯背景與撰述動機，我們知道在許慎編纂《說文》時，已經是隸書通行的時代，文字使用的紛亂情形，使得當時的臆解妄說已經從語言文字的混亂干擾到生活上的制度與文化。所以曾榮汾師在解釋〈說文敘〉：「蓋文字者，經藝之本，王政之始，前人所以垂後，後人所以識古。故曰：『本立而道生。』知天下之至賾而不可亂也。」這段話時說：

> 他（指許慎）所要編的書不是普通的訓詁工作，是爲『立本』而作
> 的。此種『立本』當從『文字』的原始整理起，正確地認識文字，
> 也就是正確地使用語言。說得正確、寫得正確，可以釐清經說的訛
> 誤，可以回復王道的正軌，可以避免生活的影響。[註1]

這種正確認識文字的觀念，自顏師古編《字樣》、顏元孫著《干祿字書》以來，也應用於楷體的正字運動上。而在《字通》編輯的時代背景，也存在著二個問題：

[註1] 曾榮汾師：〈說文解字編輯觀念析述〉，《先秦兩漢學術》第三期，2005 年 3 月，頁71～72。

一、正妄解楷體形義之弊

漢字隸變楷化以後，人們對於文字的理解與語言的應用出現了問題，而這種情況也在文字的整理與字書的編纂上出現了困境。隸書雖變，但去古未遠，許慎尚能以篆領隸以推原歸整之。到了楷字繼隸以來又一變，結構的類化、訛混與形變較之隸書更夥，在文字的整理與字原偏旁的推考上再次面臨了窘境。觀察唐以來李騰的《說文字源》、五代後蜀林罕的《字源偏旁小說》、宋代釋夢英的《字原》、王柏的《六義字原》、李行中《引經字源》等，多以「字原」、「偏旁」為論，可以明白這個問題已經實際反應在文字學研究上。唐宋以來所流行的文字謬說，恰從反面呈現出此問題的嚴重性。唐玄宗的《開元文字音義》解字多誤，但因帝王之尊，影響甚廣，所以魏了翁才有「況今經字宗開元」〔註2〕之語，並有「更嗟書法開元壞」〔註3〕之嘆，及至宋代，王安石著《字說》，說字多以會意解之，陸游〈字說跋〉云：「王氏見字多有義，遂一概以義取之，雖六書且不問矣。」〔註4〕此種解字觀念違反了語言學的文字原始構造分析法則，在當時卻影響頗深，《宋史‧王安石傳》謂：「晚居金陵，又傳《字說》，多穿鑿附會，其流入於佛老，一時學者無敢不傳習，主司純用以取士，士莫得自名一說，先儒傳注一切廢不用。」〔註5〕所以魏了翁在《字通》的序云：

> 傷小學之湮微而古文之不復見也。雖然子亦知其然乎！自秦斯、高
> 以來，是學也，往滯於偏旁訓詁而不知大學之歸，故非徇末以流於
> 藝，則必曲學以誤身，且自近世博通古文，宜莫如夏文莊，以會意
> 一體，貫通六書，王文公亦自謂有得於今文矣！迨其所行，俱不若
> 未嘗知書者，遂使世以書為不足學，此豈書之罪耶？〔註6〕

所以宋人對王安石說字理論也產生了反動，形成以復古為旨，推崇《說文》的風潮，如北宋張有著《復古編》。這種臆造說字的困境是《字通》的成書背景，而回溯文字本源的潮流，則成了李從周編輯《字通》的動機之一。

〔註2〕〔宋〕魏了翁：〈撫州崇仁縣玉清觀道士黃石老工古篆以李公父書來問字〉，《鶴山先生大全文集》，卷五。

〔註3〕〔宋〕魏了翁：〈撫州崇仁縣玉清觀道士黃石老工古篆以李公父書來問字〉，卷五。

〔註4〕〔清〕謝啓昆：《小學考》（台北：藝文印書館，1974年），頁307。

〔註5〕〔元〕脫脫等編：《宋史》（台北：藝文印書館，1974年），卷三百二十七，頁4147。

〔註6〕〔宋〕魏了翁：《字通‧序》，《中華漢語工具書書庫》，頁421～422。

二、解決《說文》部首檢索楷體的缺失

　　另一個因素，則在於當世字書之編纂，由於考慮到檢索的需求而以音序爲編制方法，偏離了據形系聯的原則。徐鉉在〈說文解字篆韻譜序〉云：

> 秉筆操觚，要資檢閱，而偏旁奧密，不可意知，尋求一字，往往終卷。〔註7〕

《說文》所用的540部首，只是用來收字和歸類，但是用於檢字顯爲不便，顧野王的《玉篇》、司馬光等編的《類篇》基本上採用540部首的編輯原則，但是仍不易檢索。六朝聲韻學發展逐漸成熟，韻書的編輯以音序字也影響了字書的體例，音序檢字編排字書的方法暫時解決了檢索的問題，且也符合當時作詩填詞、用字取韻的需求，所以宋代編纂字書漸漸發展出「字韻書雙軌并行制」的現象〔註8〕，例如《大廣益會玉篇》搭配《廣韻》；《類篇》搭配《集韻》，乃至金代的字書《五音類聚四聲篇海》也同時有《五音集韻》之編纂。單純就字書的編制體例來看，《類篇》雖也採《說文》之部首，但是每部內卻也序以平上去入四聲以歸納同聲之字。顯示出540部首無法解決文字檢索的需求，而必須輔以音序以便檢字。宋代的金石學興盛，古文字書之編纂也常以「篆韻」的方式輯錄，使得部首推源文字形構、據形系聯的功能卻由於這種情況的影響下，反而受到了忽視。

　　這種改形聯爲韻屬的方法到南宋李燾編《說文解字五音韻譜》時情況更加嚴重。起初李燾尚以540部首爲序字體例，但是虞仲房捨部首而僅用徐鉉之《說文解字篆韻譜》序字，到了賈端修重編乃定以音序。當時李燾見虞仲房如此更改並不贊同，且認爲：「若偏旁一切都置，則字之有形無聲者，豈不愈難檢閱。」〔註9〕所以有意要另行其以部序字之版本。此段事蹟見載於魏了翁的《師友雅言》，魏了翁認爲：「蜀前輩如巽巖留意字學，不苟若此。」〔註10〕這件事讓我們了解到當時人只注重檢索之實用，卻忽略了文字本身的構

〔註7〕、〔宋〕徐鉉：《說文解字篆韻譜・序》（台北：台灣商務印書館，1965年），頁2。

〔註8〕詳參趙振鐸：《中國語言學史》（石家莊：河北教育出版社，2000年），頁240～
　　　245。

〔註9〕〔宋〕魏了翁：《鶴山師友雅言》。

〔註10〕〔宋〕魏了翁：《鶴山師友雅言》。

形原理，虞㕂在《字通》的〈跋〉也載云：

> 先生（指魏了翁）嘗謂字書始一終亥，其形也。始東終㶒，其聲也。
> 許叔重元無反切，後人漸加附益，至徐鼎臣始以孫愐《唐韻》切爲
> 定。自音切行，人以爲便於檢閱，而不知字之本乎偏旁。故李巽嚴
> 初作《五音譜》以許叔重部敍爲之，後以示虞仲房，仲房乃支用徐
> 楚金《韻譜》，巽嚴謂若偏旁一切都置，則字之有形無聲者，豈不愈
> 難檢閱，雖從仲房而巽嚴實不以《韻譜》爲然，故後敍要自別行。

〔註11〕

所以魏了翁〈撫州崇仁縣玉清觀道士黃石老工古篆以李公父書來問字〉詩云：

> 況今經字宗開元，請觀未有韻書前；訓纂字林形相沿，形聲迭推義
> 乃全。韻書既作人趨便，未能書法窮根源；但以聲韻求諸篇，形存
> 聲亡韻亦牽。〔註12〕

丁福保〈說文解字詁林通檢緒言〉也謂：

> 徐楚金取《說文》各字，以聲韻區分之，撰爲《韻譜》十卷，專爲
> 後學檢字而作。其後宋李仁父亦欲便於省覽，取《說文》自一至亥
> 之部，改從《集韻》，變爲自東至甲，名曰《五音韻譜》。其書割裂
> 殊甚，盡改《說文》舊觀，皆非檢字之正規也。〔註13〕

從上述所引可以了解到，改形聯爲韻屬的方式，雖便於當時檢索，但遇到無聲
字、罕見的方言用字乃至於以後古今音變，則音序檢字便出現困難且具時代上
的限制，並有礙文字形構之推究。雖然丁福保提到：

> 古來習許學者，咸感檢字之不便，然卒無善法以濟之。迨逮清乾嘉
> 間，考據之學大行，而許氏《說文》一書，亦遂如日中天，由是作
> 通檢、便檢等書者，紛然並起，其法稍稍備矣。〔註14〕

〔註11〕虞㕂：〈字通跋〉，《字通》，頁449。

〔註12〕〔宋〕魏了翁：〈撫州崇仁縣玉清觀道士黃石老工古篆以李公父書來問字〉，卷五。

〔註13〕丁福保：《說文解字詁林·通檢緒言》（正編）（台北：國風出版社，1960年），頁2。

〔註14〕丁福保：《說文解字詁林·通檢緒言》（正編），頁2。

其實不待乾嘉時期，宋代的有識之士便開始思索關注這個問題，李從周在《字通》卷首說到：「字而有隸，蓋以降矣。每降而輒下，不可不推本之也。此編依世俗筆勢，質之以《說文解字》。作隸楷者於此而推之，思過半矣。」〔註 15〕這裡他嘗試站在楷體的立場，對文字進行偏旁的分析與形體結構的劃分，依字形分類繫字，來破除音序法所產生的問題。另一方面又要避免對文字的俗說臆解，故質之以《說文解字》，作為推考文字形義本原的依據，由此可知其撰作《字通》之動機與用意在於建立「依楷歸類，循篆推本」的體系，其中依楷歸類的嘗試也成為明代梅膺祚《字彙》改革部首作 214 部及後世分析部件，依點畫偏旁歸納文字，設置部首，以形檢字的先導，極具啟發性。

第二節　《字通》之編輯體例分析

一、分類體例之溯源

　　《字通》一書之性質，在歷來的文字學史、語言學史或辭典學史論著中多將其當作字樣書看待。但是這當中衍生出二個問題，第一便是比較本書和歷代字樣書之編輯體例，〔註 16〕能否將本書等同於字樣書的性質，還是辨正字樣只是其書功能之一？第二，若《字通》具有辨正字樣的功能，則較之其它訂正字樣之書，其體例與性質有何異同？該編輯體例對前代字書或字樣書的編輯觀念有無承襲或創發？所以在討論《字通》的分類編輯體例之前，筆者茲取唐宋五部具代表性的字樣著作：唐代顏元孫《干祿字書》、張參《五經文字》、唐玄度《九經字樣》；宋代郭忠恕《佩觿》、張有《復古編》，作為比較對象，從編輯體例的角度考察其形態、性質，以曉流變、明異同。略考以上五部字樣著作並《字通》之體例，表列比較如下：

〔註 15〕〔宋〕李從周：《字通》，頁 42。

〔註 16〕依曾榮汾師在《字樣學研究》中對字樣學宗旨的定義為「整理異體，擬訂正字」，故此處所論之字樣書乃在於區分正通俗的用字標準，以及辨似形音義的編輯性質而言。

字樣書體例比較表

作者／書名	卷數	分類歸字方法〔註17〕	編輯體例概述	書　例
顏元孫 《干祿字書》	1卷	音序	依平上去入四聲爲次，每字概分正、俗、通三體，偏旁同者，不復廣出。並辨似形近、音近之易混字。	上聲 寡寡寡上俗中通下正 走走走上中通下正
張參 《五經文字》	3卷	形類	參《說文》、《字林》部首，分爲160部，以類相從。採《說文》之釋以明六書之要，有不備者，求之《字林》。其或古體難明，則比較石經，石經湮沒，通以經典及釋文相承之隸書引證之。	止部象草木生有基止形 凡拾貳字貳字重文 歷從止 歸歸上說文下籀文經典通用上字
唐玄度 《九經字樣》	1卷	形類	此書承《五經文字》，爲其續補，分76部。解字參酌《說文》與經典相承通行之字，但「與校勘官同商較是非，取其適中」。	心部凡六字二字重文 忼亢康去易曰忼龍有悔上說文下經典相承隸省
郭忠恕 《佩觿》	3卷	音序	上卷備論形聲訛變之由，分爲造字、四聲、傳寫三科；中下二卷則取字畫疑似者，以四聲分十段。卷末附辨證訛誤字。	平聲上聲相對 灃澧上芳風翻下歷弟翻竝水名 上聲去聲相對 免兔上美選翻脫也下湯故翻獸
張有 《復古編》	2卷	音序	按平上去入四聲分錄文字，字頭正體用篆文，別體俗字。據《說文》辨明正、俗、譌三體。入聲以後附辨證六門，曰：聯緜字、形聲相類、形相類、聲相類、筆迹小異、上正下譌。	上平聲 雝雝，雝𪆫也。从隹邕，別作雍、噰、嗈竝非，於容切，文三邕四方有水字邕城池者。从川邑，別作壅非癰癰腫也。从疒雝，別作臃非。

〔註17〕此處分類歸字的方法，指得是字書依據形體的部首或形構來系聯文字，或是依循音聲韻部來歸屬文字。

李從周 《字通》	1 卷	形類	依楷體點畫偏旁分 89 類，字頭用篆文、古文。每字下引《說文》釋字，注內則附從屬該字頭之楷字，並辨析字形、古今隸變之形體。附錄糾正俗字 82 字。	旁一點類 戈戌，莫候切。中宮也。象六甲五龍相拘絞。成、戌等字从此。 旁兩點類 二，而志切。地之數也。从偶。次、匀等字从此。於、太亦如此作。

藉由上表體例內容的比較，可從三方面討論編輯體例之異同：

（一）分類繫字之方法

《字通》分類繫字的觀念應與《五經文字》相似，張參在〈序〉中提到：

> 近代字樣，多依四聲，傳寫之後，偏傍漸失。今則采《說文》、《字林》諸部，以類相從。務於易了，不必舊次，自非經典文義之所在，雖切於時，略不集錄，以明爲經不爲字也。[註18]

此編輯體例也鑑於音序法有害於文字形構的辨析，而採行以形類繫字之法。又說「務於易了，不必舊次，自非經典文義之所在，雖切於時略不集錄，以明爲經不爲字也。」[註19] 主要是歸整當時的經典用字，這種切用時宜整理文字的態度，一如《字通》「依世俗筆勢」而編輯的態度是相近的。

（二）注釋說解之體例

《干祿字書》之注解方式多云「上某某字下某某字」，這種注解方法見張參《五經文字》、唐玄度《九經字樣》、郭忠恕《佩觿》皆有這種說解模式，但《字通》和張有《復古編》則不作這種注解方法。

進一層觀察又有凡某之屬皆倣此之例，意爲同一偏旁諸字，舉一字爲例示，例如「聰聰聰」三字下注：「上中通下正，諸從怱者並同，他皆放此。」[註20]

〔註18〕 〔唐〕張參：《五經文字》，《中華漢語工具書庫》（合肥：安徽教育出版社，2002年），頁 6。

〔註19〕 〔唐〕張參：《五經文字》，頁 6。

〔註20〕 〔唐〕顏元孫：《干祿字書》，《中華漢語工具書庫》（合肥：安徽教育出版社，2002年），頁 587。

這種類推偏旁的注解方法見《五經文字》：「桃杋」下注云：「上《說文》下《石經》，凡字從兆者，皆放此。」〔註21〕《九經字樣》：「夾」下注云：「音郟，作夾者訛，夾郟等字從之。」〔註22〕此注語在《字通》則作「某某等字從此」、「某某等字亦如此作」，可以理解到這種類推偏旁的觀念在注解體例上的傳承。

　　另一種注解方法則是說明辨似字形、音、義相混現象的注解型態。《干祿字書》已有此例，如「抄杪」下注云：「上初交反又初教反，下杪末字弥小反」〔註23〕乃在於辨似「抄杪」之音，此種方式在《字通》也有所承襲，只是並未設立字組，其下注解辨似，而是在每個篆文字頭底下注解所繫屬的楷字在隸變後與溯源時，於構形上、音義上的差異，例如木字類的「棟」注曰：「棟，式任切。深也。一曰：『竈突也。』從穴從火從求省。今書作架，與罙同用，皆非也。罙從网。從米。」〔註24〕辨似「架」與「罙」的構形差異。

（三）區分字級之使用

　　《干祿字書》、《五經文字》、《九經字樣》、《佩觿》與《復古編》在內容上，皆明顯可見作者對於文字之形體字樣的辨似，並為之區分字級。從《干祿字書》至《佩觿》皆以正、通、俗三層次的字級，來辨析文字，而《復古編》則依照《說文》之體，另舉別俗異體以考其非是，但是在《字通》本文的編輯內容裡，其實並未出現具有如上述字樣書說解中規律出現的正、通、俗字級區分，頂多在注解中辨析該字形體時，舉出俗別之體，如「丙字類」的「亞」，注曰：「亞，衣駕切。象人局背之形。惡字從此，俗書安西。」〔註25〕其中提出辨析俗別用字是非標準的只有一條，在「虎字類」的「虜」注曰：「虜，朽居切。大丘也。從北，虎聲。今別作墟，非是。」〔註26〕但詳考「今別作墟，非是」之語，乃徐鉉所注，並非常例，因為《字通》其他收錄之字還原《說文》有徐鉉曰：「今別作某，非是」之注者甚夥，如「中三點類」的「巛」篆下繫屬的「州」字，

〔註21〕　〔唐〕張參：《五經文字》，頁9。

〔註22〕　〔唐〕唐玄度：《九經字樣》，《中華漢語工具書庫》（合肥：安徽教育出版社，2002年），頁104。

〔註23〕　〔唐〕顏元孫：《干祿字書》，頁589。

〔註24〕　〔宋〕李從周：《字通》，頁426。

〔註25〕　〔宋〕李從周：《字通》，頁433。

〔註26〕　〔宋〕李從周：《字通》，頁444。

徐鉉曰：「今別作洲，非是」〔註27〕。又如一丿類「㕓」篆下繫屬的「縣」字，徐鉉曰：「此本是縣挂之縣，借爲州縣之縣，今俗加心，別作懸，義無所取。」〔註28〕不過李從周在這些字的注解中並未引錄大徐辨析俗別的說法，眞正區分字級且辨別正俗的編輯，《字通》皆將其歸於附錄之中，以上如「虙」、「州」、「縣」等字的字樣論說，皆可見於附錄，且具有辨正俗別之注解。

　　從上述與唐宋的字樣著作的體例比較看來，《字通》本文之編輯重點在字形的析分，與字原的推溯，從字樣的學理範疇上，本文進行了形體辨似，到了附錄則進一步區分正俗，將字樣中辨似形構異體的內涵，加上了正俗的標準，也呈現出《字通》用字的觀念。從虞汲的跋語也可以知道，這種擺脫當時以音序字的編輯主流，而以形類繫屬文字的作法，用意在於使用《說文》「據形系聯」的觀念作爲編輯方針，存在著推究文字形義之源的意識，對當代已經發展成熟的楷體，從構形上進行系統的歸納整合工作，這是一種復古的態度，但也是一個全新嘗試。孔仲溫在〈宋代文字學〉中也說到：「他（指李從周）能勇於突破《說文》540 部首的範圍，而根據楷書形體分類，爲後來明張自烈《正字通》、梅膺祚《字彙》214 部的前驅，實可敬佩。」〔註29〕以下考察《字通》之體例，分析其分類編排層次，歸納編輯形式，並討論本書之編制體例該層次與形式之性質、彼此之關係與作用。

　　觀察《字通》之編制體例可發現其拆分楷體構形之點畫偏旁成 89 大類，但每大類中又以篆文爲領頭，較之前代之字書之分類置字，有其特異之處。《四庫全書總目提要》云：

> 是書以《說文》校隸書〔註30〕之偏旁，凡分八十九部，爲字六百有
> 一；〔註31〕其分部不用《說文》門類，而分以隸書之點畫；既乖古
> 法，又既據隸書分部，乃仍以篆文大書，隸書夾注，於體例亦頗不

〔註27〕 〔漢〕許慎撰、〔宋〕徐鉉校訂：《說文解字》（北京：中華書局，1963 年 12 月），頁 239。

〔註28〕 〔漢〕許慎撰、〔宋〕徐鉉校訂：《說文解字》，頁 184。

〔註29〕 孔仲溫：〈宋代文字學〉，《國文天地》，頁 76。

〔註30〕 此隸書應作楷體理解。

〔註31〕 考 89 類所收字頭，實爲 605 個，《四庫提要》之數，有待商榷。

叶。〔註32〕

其實這正是李氏編制此書的主要用心之處,《字通》卷首謂:

> 字而有隸,蓋已降矣!每降而輒下,不可不推本之也。此編依世俗
> 筆勢,質之以《說文解字》。作隸楷者,於此而推之,思過半矣。
> 〔註33〕

李氏欲分析當時楷體之構形,試圖推本溯源至《說文》,以明文字之流變。由於存在著此等用意,故以楷體分類,又以篆文領頭的體例,這些字頭多爲540部之部首,故實是一種歸併《說文》部首的方式。李氏此帙試圖以楷求篆,旨在於可以推溯字原又能歸納於當世通行之楷體,且更蘊含對字體形構的全面調整,與近於現代文字形體部件的分析觀念近似。《四庫全書總目提要》也評其:「然其大旨,主於明隸書之源流,而非欲以篆文改隸,猶顏元孫所謂去泰去甚使輕重合宜者。」〔註34〕正面地評價《字通》在推究隸楷形源的作法。

二、分類編排之層次

《字通》之編輯分類從編排層次上而言有三個層級,第一是劃分89大類,第二是設置605篆字,第三是繫屬楷字,分別說明如下:

(一)分大類

第一層是以楷體的點、畫、偏旁結構和位置爲原素,劃作89大類,茲條列並說明如下:

1、上一點類

世豪謹案:李從周於「上一點類」下雙行小注云:「凡一之屬在上者象天,在下者象地。」〔註35〕下標明「文十四」,說明收篆字頭14字。

2、立字類

世豪謹案:此類下小注云:「中一點類」,標明「文六」,收篆字頭6字。

〔註32〕〔清〕紀昀等編:《四庫全書總目提要》,頁847。

〔註33〕〔宋〕李從周:《字通》,頁422。

〔註34〕〔清〕紀昀等編:《四庫全書總目提要》,頁848。

〔註35〕〔宋〕李從周:《字通》,頁422。

3、广字類

世豪謹案：此類下無小注，標明「文四」，收篆字頭 4 字。

4、宀字類

世豪謹案：此類下無小注，標明「文四」，收篆字頭 4 字。

5、方字類

世豪謹案：此類下無小注，標明「文三」，收篆字頭 3 字。

6、旁一點類

世豪謹案：此類下無小注，標明「文十」，收篆字頭 10 字。

7、上兩點類

世豪謹案：此類下雙行小注云：「此類曾頭羊角各不同。」〔註36〕標明「文十七」，收篆字頭 17 字。

8、中兩點類

世豪謹案：此類下無小注，標明「文五」，收篆字頭 5 字。

9、下兩點類

世豪謹案：此類下雙行小注云：「此類俗書謂之其脚，互見本字類。」〔註37〕標明「文九」，收篆字頭 9 字。

10、旁兩點類

世豪謹案：此類下無小注，標明「文六」，收篆字頭 6 字。

11、上三點類

世豪謹案：此類下無小注，標明「文四」，收篆字頭 4 字。

12、中三點類

世豪謹案：此類下無小注，標明「文五」，收篆字頭 5 字。

13、下三點類

世豪謹案：此類下無小注，標明「文八」，收篆字頭 8 字。

〔註36〕〔宋〕李從周：《字通》，頁 424。
〔註37〕〔宋〕李從周：《字通》，頁 425。

14、旁三點類

世豪謹案：此類下無小注，標明「文三」，收篆字頭 3 字。

15、木字類

世豪謹案：此類下小注云：「林森等字从此。」〔註 38〕標明「文八」，收篆字頭 8 字。

16、示字類

世豪謹案：此類下無小注，標明「文三」，收篆字頭 3 字。

17、上四點類

世豪謹案：此類下無小注，標明「文五」，收篆字頭 5 字。

18、中四點類

世豪謹案：此類下無小注，標明「文五」，收篆字頭 5 字。

19、下四點類上

世豪謹案：此類下無小注，標明「文八」，收篆字頭 8 字。

20、下四點類下

世豪謹案：此類下無小注，標明「文七」，收篆字頭 7 字。

21、一畫類

世豪謹案：此類下無小注，標明「文十一」，收篆字頭 11 字。

22、一丿類

世豪謹案：此類下雙行小注云：「八法有掠有啄皆類此。」〔註 39〕標明「文廿一」，收篆字頭 21 字。

23、兩畫類

世豪謹案：此類下無小注，標明「文七」，收篆字頭 7 字。

24、人字類

世豪謹案：此類下無小注，標明「文五」，收篆字頭 5 字。

〔註 38〕〔宋〕李從周：《字通》，頁 426。

〔註 39〕〔宋〕李從周：《字通》，頁 428。

25、臥人類

世豪謹案：此類下無小注，標明「文九」，收篆字頭 9 字。

26、入字類

世豪謹案：此類下無小注，標明「文十一」，收篆字頭 11 字。

27、三畫類

世豪謹案：此類下無小注，標明「文六」，收篆字頭 6 字。

28、土字類

世豪謹案：此類下無小注，標明「文二十」，收篆字頭 20 字。

29、王字類

世豪謹案：此類下無小注，標明「文六」，收篆字頭 6 字。

30、主字類

世豪謹案：此類下無小注，標明「文十二」，收篆字頭 12 字。

31、丰字類

世豪謹案：此類下無小注，標明「文六」，收篆字頭 6 字。

32、丗字類

世豪謹案：此類下無小注，標明「文四」，收篆字頭 4 字。

33、上⁺⁺字類

世豪謹案：此類下無小注，標明「文七」，收篆字頭 7 字。

34、中⁺⁺字類

世豪謹案：此類下無小注，標明「文五」，收篆字頭 5 字。

35、下⁺⁺字類

世豪謹案：此類下無小注，標明「文四」，收篆字頭 4 字。

36、上宀字類

世豪謹案：此類下無小注，標明「文三」，收篆字頭 3 字。

37、中宀字類

世豪謹案：此類下無小注，標明「文十八」，收篆字頭 18 字。

38、冂字類

世豪謹案：此類下無小注，標明「文七」，收篆字頭 7 字。

39、襾字類

世豪謹案：此類下無小注，標明「文九」，收篆字頭 9 字。

40、爨字類

世豪謹案：此類下無小注，標明「文六」，收篆字頭 6 字。

41、曲字類

世豪謹案：此類下無小注，標明「文五」，收篆字頭 5 字。

42、凹字類

世豪謹案：此類下無小注，標明「文四」，收篆字頭 4 字。

43、弓字類

世豪謹案：此類下無小注，標明「文五」，收篆字頭 5 字。

44、尸字類

世豪謹案：此類下無小注，標明「文六」，收篆字頭 6 字。

45、上几字類

世豪謹案：此類下無小注，標明「文五」，收篆字頭 5 字。

46、下几字類

世豪謹案：此類下無小注，標明「文七」，收篆字頭 7 字。

47、匋几字類

世豪謹案：此類下無小注，標明「文六」，收篆字頭 6 字。

48、勺字類

世豪謹案：此類下無小注，標明「文六」，收篆字頭 6 字。

49、刀字類

世豪謹案：此類下小注云：「互見人字類。」標明「文五」，收篆字頭 5 字。

50、夕字類

世豪謹案：此類下無小注，標明「文十一」，收篆字頭 11 字。

51、夂字類

世豪謹案：此類下無小注，標明「文五」，收篆字頭 5 字。

52、ナ字類

世豪謹案：此類下小注云：「左从此。」標明「文六」，收篆字頭 6 字。

53、又字類

世豪謹案：此類下無小注，標明「文十一」，收篆字頭 11 字。

54、上大字類

世豪謹案：此類下無小注，標明「文四」，收篆字頭 4 字。

55、下大字類

世豪謹案：此類下無小注，標明「文十四」，收篆字頭 14 字。

56、夾字類

世豪謹案：此類下無小注，標明「文五」，收篆字頭 5 字。

57、市字類

世豪謹案：此類下無小注，標明「文七」，收篆字頭 7 字。

58、中字類

世豪謹案：此類下無小注，標明「文五」，收篆字頭 5 字。

59、口字類

世豪謹案：此類下小注云：「ㄙ等附。」標明「文十二」，收篆字頭 12 字。

60、品字類

世豪謹案：此類下無小注，標明「文四」，收篆字頭 4 字。

61、上日字類

世豪謹案：此類下無小注，標明「文七」，收篆字頭 7 字。

62、中日字類

世豪謹案：此類下無小注，標明「文三」，收篆字頭 3 字。

63、下日字類

世豪謹案：此類下小注云：「曰、甘、白附。」標明「文四」，收篆字頭 4 字。

64、白字類

世豪謹案：此類下無小注，標明「文八」，收篆字頭 8 字。

65、百字類

世豪謹案：此類下無小注，標明「文四」，收篆字頭 4 字。

66、月字類

世豪謹案：此類下無小注，標明「文七」，收篆字頭 7 字。

67、罒字類

世豪謹案：此類下無小注，標明「文六」，收篆字頭 6 字。

68、目字類

世豪謹案：此類下無小注，標明「文六」，收篆字頭 6 字。

69、上田字類

世豪謹案：此類下無小注，標明「文六」，收篆字頭 6 字。

70、中田字類

世豪謹案：此類下無小注，標明「文十六」，收篆字頭 16 字。

71、下田字類

世豪謹案：此類下無小注，標明「文五」，收篆字頭 5 字。

72、里字類

世豪謹案：此類下無小注，標明「文三」，收篆字頭 3 字。

73、㠯字類

世豪謹案：此類下無小注，標明「文七」，收篆字頭 7 字。

74、厸字類

世豪謹案：此類下無小注，標明「文六」，收篆字頭 6 字。

75、正字類

世豪謹案：此類下無小注，標明「文四」，收篆字頭 4 字。

76、巳字類

世豪謹案：此類下無小注，標明「文五」，收篆字頭 5 字。

77、尣字類

世豪謹案：此類下無小注，標明「文六」，收篆字頭 6 字。

78、冠字類

世豪謹案：此類下無小注，標明「文五」，收篆字頭 5 字。

79、斤字類

世豪謹案：此類下無小注，標明「文四」，收篆字頭 4 字。

80、山字類

世豪謹案：此類下無小注，標明「文四」，收篆字頭 4 字。

81、自字類

世豪謹案：此類下無小注，標明「文四」，收篆字頭 4 字。

82、丩字類

世豪謹案：此類下無小注，標明「文四」，收篆字頭 4 字。

83、聿字類

世豪謹案：此類下無小注，標明「文五」，收篆字頭 5 字。

84、幸字類

世豪謹案：此類下無小注，標明「文五」，收篆字頭 5 字。

85、敊字類

世豪謹案：此類下無小注，標明「文六」，收篆字頭 6 字。

86、虍字類

世豪謹案：此類下無小注，標明「文九」，收篆字頭 9 字。

87、烒字類

世豪謹案：此類下無小注，標明「文六」，收篆字頭 6 字。

88、戊字類

世豪謹案：此類下無小注，標明「文三」，收篆字頭 3 字。

89、豕字類

世豪謹案：此類下無小注，標明「文七」，收篆字頭 7 字。

以上 89 大類做爲接下來文字形構拆分後的歸屬，也就是 89 個楷體點畫偏旁的類推依據，例如「𡙻（寒）」字類推於「丑字類」；「𤰃（萬）」字類推於「上卄字類」等。

（二）置篆字

在每個大類之下，各歸屬入具該類形構的篆文字頭，茲依各類所收篆字，條列說明如下：

1、上一點類

類下標記「文十四」，共收篆文 14 字，詳見下：

一（一）、二（古文上）、入（入）、大（大）、夳（籀文大）、□（闕）、古（古）、云（云）、屮（之）、𣲐（永）、戶（戶）、𩚵（良）、𪔛（齊）、雝（雍）

世豪謹案：本類標明收 14 字，但「夳（籀文大）」後一字只有注語而無標出篆文，此篆文字頭從其底下注解所引述的《說文》釋義得之，是「丶」篆，楷定作「丶」，故實際所收篆文共 13 字。其有些篆文之形構，看似不能歸入上一點類，乃因爲其形體分類與推源的編輯體例之安排，有些篆文字頭本身之楷定形構可歸入該分類，有些只能作爲第三層系屬楷字構形的來源，說詳見本章後面之分析與第四章之考證。

2、立字類

類下標記「文六」，共收篆文 6 字，詳見下：

立（立）、奇（奇）、辛（辛）、帝（帝）、杏（杏）、彥（彥）

3、广字類

類下標記「文四」，共收篆文 4 字，詳見下：

广（广）、疒（疒）、麤（鹿）、庚（庚）

4、宀字類

類下標記「文四」，共收篆文 4 字，詳見下：

宀（宀）、𠈁（古文終）、宁（宁）、它（它）

5、方字類

類下標記「文三」，共收篆文 3 字，詳見下：

方（方）、 㐰（㲹）、 （古文烏）

6、旁一點類

類下標記「文十」，共收篆文 10 字，詳見下：

弋（弋）、 戉（戊）、 犬（犬）、 又（又）、 叉（叉）、 术（术）、 卜（卜）、 虍（虍）、 兔（兔）、 丁（篆文丁）

7、上兩點類

類下標記「文十七」，共收篆文 17 字，詳見下：

八（八）、 屮（屮）、 干（干）、 （水）、 火（火）、 弟（弟）、 夔（夔）、 並（竝）、 并（并）、 兼（兼）、 茲（茲）、 寿（寿）、 差（差）、 箸（箸）、 谷（谷）、 父（父）、 嘗（嘗）

8、中兩點類

類下標明「文五」，共收篆文 5 字，詳見下：

八（八）、 儿（儿）、 壴（壴）、 干（干）、 交（交）

世豪謹案：此類中篆文下注云：「注見上」者有二，其意爲前類也有收錄此字。其一爲「八（八）」，與前第 7 類「上兩點類」中所收相同。其二爲「干（干）」，同第 7 類「上兩點類」所收。

9、下兩點類

類下標記「文九」，共收篆文 9 字，詳見下：

六（六）、 丌（丌）、 收（收）、 貝（貝）、 只（只）、 儿（儿）、 （古文光）、 寅（寅）、 眞（眞）

世豪謹案：此類中篆文下注云：「注見上」者有「儿（儿）」，與前第 8 類「中兩點類」所收相同。

10、旁兩點類

類下標記「文六」，共收篆文 6 字，詳見下：

二（二）、 㕚（㕚）、 俎（俎）、 叉（叉）、 八（八）、 厂（厂）

世豪謹案：此類中篆文下注云：「注見上」者有「﹚﹙（八）」，同樣收錄於第 7「上兩點類」與第 8「中兩點類」；「疒（疒）」則與第 3「广字類」所收相同。

11、上三點類

類下標記「文四」，共收篆文 4 字，詳見下：

巛（巛）、水（水）、川（小）、巛（巤）

世豪謹案：此類所收之「巛」字，下注云：「巤」，巤楷體與《說文》之說解。「水（水）」字下注：「注見上」，與第 7「上兩點類」之「三（水）」同，但篆體一爲直書一爲橫書有所差別。

12、中三點類

類下標記「文五」，共收篆文 5 字，詳見下：

巛（巛）、爪（爪）、爵（爵）、愛（愛）、舜（舜）

世豪謹案：此類中之「巛（巛）」與前第 11「上三點類」所收相同。

13、下三點類

類下標記「文八」，共收篆文 8 字，詳見下：

巛（巛）、充（充）、糸（糸）、京（京）、県（県）、火（火）、泉（泉）、介（介）

世豪謹案：此類之「巛（巛）」與第 11「上三點類」、第 12「中三點類」所收相同。「火（火）」同見於第 7「上兩點類」。

14、旁三點類

類下標記「文三」，共收篆文 3 字，詳見下：

水（水）、彡（彡）、非（非）

世豪謹案：此類之「水（水）」與第 11「上三點類」所收相同，與第 7「上兩點類」之「三（水）」篆體橫豎有別。

15、木字類

類下標記「文八」，共收篆文 8 字，詳見下：

木（木）、朩（朩）、木（木）、尗（朮）、余（余）、朱（朱）、杲（古文保）、寀（寀）

世豪謹案：此類之「郑（术）」與第6「旁一點類」所收相同。

16、示字類

類下標記「文三」，共收篆文3字，詳見下：

示（示）、吊（禾）、火（火）

世豪謹案：此類之「火（火）」同見於第7「上兩點類」、第13「下三點類」所收。

17、上四點類

類下標記「文五」，共收篆文5字，詳見下：

米（米）、釆（釆）、炎（炎）、坙（巫）、術（尚）

18、中四點類

類下標記「文五」，共收篆文5字，詳見下：

率（率）、兆（兆）、雨（雨）、羽（羽）、鹵（鹵）

19、下四點類上

類下標記「文八」，共收篆文8字，詳見下：

米（米）、釆（釆）、水（水）、心（心）、尾（尾）、求（求）、象（象）、永（永）

世豪謹案：此類之「米（米）」與「釆（釆）」皆同見於第17「上四點類」。「水（水）」則同見於第7「上兩點類」、第11「上三點類」、第14「旁三點類」。「永（永）」同見於第1「上一點類」。

20、下四點類下

類下標記「文七」，共收篆文7字，詳見下：

火（火）、絲（絲）、無（無）、爲（爲）、馬（馬）、鳥（鳥）、豸（豸）

世豪謹案：此類之「火（火）」同見於第7「上兩點類」、第13「下三點類」。

21、一畫類

類下標記「文十一」，共收篆文11字，詳見下：

━━━（一）、丨（丨）、乁（〈）、ㄟ（丿）、乀（乀）、ㄋ（丿）、

ㄟ（乀）、己（古文及）、乚（乚）、乁（乚）、乛（乙）

世豪謹案：此類之「━━━（一）」同見於第1「上一點類」。

22、一丿類

類下標記「文廿一」，共收篆文21字，詳見下：

厂（丿）、枲（系）、几（人）、毛（毛）、夵（巫）、飛（我）、米

（禾）、米（禾）、米（采）、毛（毛）、手（手）、夭（天）、爪（爫）、

干（干）、鼌（㸚）、厂（闕）、禹（禹）、熏（熏）、血（血）、尹

（乏）、延（延）

豪謹案：此類之「厂（丿）」同見於第21「一畫類」之「ㄋ（丿）」，但
篆體稍別，其中差異之問題待後章討論。「米（禾）」同見於第16「示字類」。
「米（采）」同見於第17「上四點類」、第19「下四點類上」。「爪（爫）」同
見於第12「中三點類」。「干（干）」同見於第7「上兩點類」、第8「中兩點
類」。「厂」下闕楷體注明。

23、兩畫類

類下標記「文七」，共收篆文7字，詳見下：

二（古文上）、二（二）、二（古文下）、川（巛）、八（八）、十

（十）、乂（古文五）

世豪謹案：此類之「二（古文上）」同見於第1「上一點類」。「二（二）」
同見於第10「旁兩點類」。「八（八）」同見於第7「上兩點類」、第8「中兩點
類」、第10「旁兩點類」。

24、人字類

類下標記「文五」，共收篆文5字，詳見下：

几（人）、匕（七）、ㄭ（七）、尸（闕）、刀（刀）

世豪謹案：此類之「几（人）」同見於第22「一丿類」。「尸」下注云：
「闕」，意為闕少楷體。

25、臥人類

類下標記「文九」，共收篆文9字，詳見下：

几（人）、人（入）、午（午）、䤨（蝕）、屮（中）、气（气）、孛
（年）、复（复）、履（履）

世豪謹案：此類之「几（人）」同見於第22「一丿類」、第24「人字類」。
「人（入）」則與第1「上一點類」之「内（入）」同，引用篆體稍有差異。

26、入字類

類下標記「文十一」，共收篆文11字，詳見下：

人（入）、亼（亼）、几（人）

世豪謹案：此類之「人（入）」同見於第1「上一點類」之「内（入）」與
第25「臥人類」。「几（人）」同見於第22「一丿類」、第24「人字類」、第25
「臥人類」。

27、三畫類

類下標記「文六」，共收篆文6字，詳見下：

三（三）、彡（彡）、巛（巛）、小（小）、气（气）、彳（彳）

世豪謹案：此類之「彡（彡）」同見於第14「旁三點類」。「巛（巛）」同
見於第11「上三點類」、第12「中三點類」、第13「下三點類」。「小（小）」
同見於第11「上三點類」。「气（气）」同見於第25「臥人類」。

28、土字類

類下標記「文二十」，共收篆文20字，詳見下：

土（土）、士（士）、屮（之）、大（大）、夭（天）、米（古文
旅）、耂（老）、爻（爻）、屮（出）、先（先）、吉（吉）、谷（谷）、
壹（壹）、袁（袁）、磬（籀文磬）、才（才）、从（从）、雀（雀）、
舍（舍）、矢（矢）

世豪謹案：此類之「屮（之）」與「大（大）」皆同見於第1「上一點類」。
「夭（天）」同見於第22「一丿類」。「壹（壹）」同見於第8「中兩點類」。

29、王字類

類下標記「文六」，共收篆文6字，詳見下：

王（王）、王（玉）、壬（壬）、王（王）、主（主）、主（主）

30、主字類

類下標記「文十二」，共收篆文 12 字，詳見下：

坐（生）、平（巫）、米（朿）、峃（出）、丰（丰）、悤（衷）、壽（毒）、
壽（奉）、奉（奏）、爾（泰）、畜（春）、營（舂）

世豪謹案：此類之「平（巫）」同見於第 22「一丿類」。「峃（出）」同見於
第 28「土字類」。

31、卅字類

類下標記「文六」，共收篆文 6 字，詳見下：

祁（舟）、殼（殼）、韝（韝）、寰（寰）、竀（寒）、柴（柴）

32、卋字類

類下標記「文四」，共收篆文 4 字，詳見下：

茜（世）、苹（枼）、柴（枼）、平（巫）

世豪謹案：此類之「平（巫）」同見於第 22「一丿類」、第 30「主字類」。

33、上⁺⁺字類

類下標記「文七」，共收篆文 7 字，詳見下：

廿（廿）、屮（屮）、丫（丫）、苹（芈）、蠹（萬）、晉（昔）、絲
（散）

34、中⁺⁺字類

類下標記「文五」，共收篆文 5 字，詳見下：

屮（卉）、兀（丌）、刊（収）、干（芉）、壴（壴）

世豪謹案：此類之「兀（丌）」與「刊（収）」皆同見於第 9「下兩點類」。
「干（芉）」同見於第 7「上兩點類」。「壴（壴）」同見於第 8「中兩點類」、
第 28「土字類」。

35、下⁺⁺字類

類下標記「文四」，共收篆文 4 字，詳見下：

刊（収）、屮（屮）、开（开）、市（市）

世豪謹案：此類之「刊（収）」同見於第 9「下兩點類」、第 34「中⁺⁺字

類」。「屮屮（艸）」同見於第 33「上⁺⁺字類」。

36、上冖字類

類下標記「文三」，共收篆文 3 字，詳見下：

冂（冖）、勹（勹）、冃（冃）

37、中冖字類

類下標記「文十八」，共收篆文 18 字，詳見下：

冂（冖）、冂（宀）、冂（爿）、米（木）、勹（勹）、壺（壺）、鹵
（鹵）、受（受）、舜（舜）、愛（愛）、帝（帝）、恖（恩）、骨（骨）、
韋（韋）、韋（韋）、宛（宛）、橐（橐）、帶（帶）

世豪謹案：此類之「冂（冖）」同見於第 36「上冖字類」。「冂（宀）」
同見於第 4「宀字類」。「米（木）」同見於第 15「木字類」。「勹（勹）」同見
於第 36「上冖字類」。「舜（舜）」、「愛（愛）」皆同見於第 12「中三點類」。「帝
（帝）」同見於第 2「立字類」，但未注明「注見上」。

38、冂字類

類下標記「文七」，共收篆文 7 字，詳見下：

冂（冖）、冂（爿）、用（用）、冊（冊）、网（网）、井（井）、
九（九）

世豪謹案：此類之「冂（冖）」同見於第 36「上冖字類」、第 37「中冖字
類」。「用（用）」同見於第 37「中冖字類」。

39、西字類

類下標記「文九」，共收篆文 9 字，詳見下：

西（西）、覀（西）、鹵（鹵）、卤（鹵）、要（要）、𢇅（卑）、奥（奥）、
卯（古文酉）、亞（亞）

世豪謹案：此類之「鹵（鹵）」同見於第 18「中四點類」。前述之字同見於
前類者，皆下注云：「注見上」，且無楷體。「鹵」字下則標注楷體「鹵」，並注
明「見上」，與前之注釋體例稍別。

40、爨字類

類下標記「文六」，共收篆文 6 字，詳見下：

釁（釁）、鬱（鬱）、農（農）、釁（釁）、盅（盅）、興（興）

41、曲字類

類下標記「文五」，共收篆文 5 字，詳見下：

曲（曲）、豐（豐）、豐（豐）、農（農）、典（典）

世豪謹案：此類之「農（農）」同見於第 40「釁字類」。

42、凹字類

類下標記「文四」，共收篆文 4 字，詳見下：

茻（茻）、眔（眔）、罱（罱）、雋（雋）

43、弓字類

類下標記「文五」，共收篆文 5 字，詳見下：

弓（弓）、卩（卩）、子（子）、予（予）、矛（矛）

44、尸字類

類下標記「文六」，共收篆文 6 字，詳見下：

尸（尸）、卩（卩）、巴（巴）、倉（倉）、賓（賓）、磬（籀文磬）

世豪謹案：此類之「卩（卩）」同見於第 43「弓字類」。「磬（籀文磬）」同見於第 28「土字類」。

45、上几字類

類下標記「文五」，共收篆文 5 字，詳見下：

儿（儿）、几（几）、凡（凡）、九（九）、𠃌（𠃌）

世豪謹案：此類之「九（九）」同見於第 38「冂字類」。

46、下几字類

類下標記「文七」，共收篆文 7 字，詳見下：

儿（儿）、几（几）、九（九）、化（儿）、克（克）、兔（兔）、瓦（瓦）

世豪謹案：此類之「儿（儿）」同見於第 45「上几字類」之「儿」，但篆體稍別。「几（几）」同見於第 45「上几字類」。「九（九）」同見於第 38「冂字類」、第 45「上几字類」。「化（儿）」同見於第 8「中兩點類」。「兔（兔）」同見於第 6「旁一點類」。

47、宄几字類

類下標記「文六」，共收篆文 6 字，詳見下：

几（几）、九（九）、凡（凡）、𠂇（𠨅）、𠘨（丸）、𠂊（人）

世豪謹案：此類之「几（几）」同見於第 45「上儿字類」、第 46「下儿字類」。「九（九）」同見於第 38「冂字類」、第 45「上儿字類」、第 46「下儿字類」。「凡（凡）」與「𠂇（𠨅）」皆同見於第 45「上儿字類」。「𠂊（人）」同見於第 22「一丿類」、第 24「人字類」、第 25「臥人類」、第 26「入字類」。

48、勹字類

類下標記「文六」，共收篆文 6 字，詳見下：

勹（勹）、𠃊（丩）、𠃎（勺）、𠂊（人）、乙（闕）、乁（乁）

世豪謹案：此類之「勹（勹）」同見於第 36「上一字類」、第 37「中一字類」。「𠂊（人）」同見於第 22「一丿類」、第 24「人字類」、第 25「臥人類」、第 26「入字類」、第 47「宄几字類」。「乁（乁）」同見於第 21「一畫類」之「乁」，篆體稍別。

49、刀字類

類下標記「文五」，共收篆文 5 字，詳見下：

𠂊（人）、刀（刀）、𠚺（𠚒）、刅（刅）、勿（勿）

世豪謹案：此類之「𠂊（人）」同見於第 22「一丿類」、第 24「人字類」、第 25「臥人類」、第 26「入字類」、第 47「宄几字類」、第 48「勹字類」。

50、夕字類

類下標記「文十一」，共收篆文 11 字，詳見下：

夕（夕）、月（月）、肉（肉）、𡴂（夋）、卢（卢）、肖（肖）、𠃑（𠃑）、卯（卯）、丣（古文酉）、卵（卵）、𡴂（升）

世豪謹案：此類之「丣（古文酉）」下注云「註見上」與前述之「注見上」用字稍異，同見於第 39「丣字類」。

51、夊字類

類下標記「文五」，但收錄篆文 6 字，詳見下：

尺（夂）、虫（支）、兒（古文終）、屯（夂）、入（久）、彐（又）

世豪謹案：此類標記「文五」，應收篆文 5 字，但收錄篆文 6 字。「兒（古文終）」同見於第 4「宀字類」之「舟」，篆體稍別。「屯（夂）」同見於第 50「夕字類」。「彐（又）」同見於第 6「旁一點類」。

52、广字類

類下標計「文六」，共收篆文 6 字，詳見下：

尸（广）、彐（又）、彐（父）、才（才）、夾（夬）、犮（犮）

世豪謹案：此類之「彐（又）」同見於第 6「旁一點類」、第 51「夂字類」。「彐」注云：「注見上」，考前述之篆文，同見於第 7「上兩點類」之「彐（父）」，但篆體稍異。「才（才）」同見於第 28「土字類」。「犮（犮）」同見於第 6「旁一點類」。

53、又字類

類下標記「文十一」，共收篆文 11 字，詳見下：

彐（又）、彗（支）、豈（叟）、昦（叟）、昜（叟）、卓（支）、及（及）、

豈（叟）、書（夋）、彐（關）、内（文）

世豪謹案：此類之「彐（又）」同見於第 6「旁一點類」、第 51「夂字類」、第 52「广字類」。「卓（支）」同見於第 51「夂字類」。「書（夋）」楷體又作「夬」。「彐」下注「關」，關楷體與《說文》之說解。

54、上大字類

類下標記「文四」，共收篆文 4 字，詳見下：

大（大）、夭（夭）、昚（關）、杰（杰）

世豪謹案：此類之「大（大）」同見於第 1「上一點類」、第 28「土字類」。「夭（夭）」同見於第 22「一丿類」、第 28「土字類」。「昚」下注云：「上諱」，關楷體與《說文》之說解。

55、下大字類

類下標記「文十四」，共收篆文 14 字，詳見下：

大（大）、夭（夭）、丌（丌）、艸（艸）、臼（收）、非（非）、大

（矢）、**帣**（夫）、**齐**（齐）、**李**（本）、**犮**（犬）、**犬**（矢）、**光**（失）、
坴（坴）

世豪謹案：此類之「**大**（大）」同見於第 1「上一點類」、第 28「土字類」、
第 54「上大字類」。「**天**（天）」同見於第 22「一丿類」、第 28「土字類」、
第 54「上大字類」。「**丌**（丌）」同見於第 9「下兩點類」、第 34「中⁺⁺字類」。
「**艸**（艸）」同見於第 33「上⁺⁺字類」、第 35「下⁺⁺字類」。「**收**（収）」同見
於第 9「下兩點類」、第 34「中⁺⁺字類」、第 35「下⁺⁺字類」。「**犮**（犬）」同
見於第 6「旁一點類」、第 52「ナ字類」。「**犬**（矢）」同見於第 28「土字類」
之「**犬**」，但篆體稍別。

56、夾字類

類下標計「文五」，共收篆文 5 字，詳見下：

爽（夾）、**夾**（夾）、**來**（來）、**束**（束）、**爽**（爽）

世豪謹案：此類之「**束**（束）」同見於第 30「主字類」。

57、巿字類

類下標記「文七」，共收篆文 7 字，詳見下：

巿（巿）、**巿**（巿）、**木**（木）、**朿**（朿）、**帀**（帀）、**屮**（屮）、**帚**（帚）

世豪謹案：此類之「**木**（木）」同見於第 15「木字類」。

58、中字類

類下標記「文五」，共收篆文 5 字，詳見下：

中（中）、**夬**（夬）、**申**（丨）、**丨**（丨）、**患**（患）

世豪謹案：此類之「**丨**（丨）」同見於第 37「中一字類」、第 38「冂字類」。

59、口字類

類下標記「文十二」，共收篆文 12 字，詳見下：

凵（口）、**囗**（囗）、**凵**（凵）、**厶**（厶）、**乙**（厶）、**丨**（丿）、**乙**
（乚）、**厶**（厶）、**吕**（吕）、**厶**（闕）、**冎**（闕）、**疋**（疋）

世豪謹案：此類之「**厶**」下注「闕」，闕楷體與《說文》之說解。「**冎**」
則闕楷體注明。

60、品字類

類下標記「文四」，共收篆文 4 字，詳見下：

品（品）、晶（晶）、众（众）、齊（齊）

世豪謹案：此類之「齊（齊）」同見於第 1「上一點類」之「齊」，篆體稍別。

61、上日字類

類下標記「文七」，共收篆文 7 字，詳見下：

日（日）、曰（曰）、甘（甘）、冃（冃）、囚（囚）、白（白）、易（易）

62、中日字類

類下標記「文三」，共收篆文 3 字，詳見下：

日（日）、回（回）、舟（舟）

世豪謹案：此類之「日（日）」同見於第 61「上日字類」，而此處之「回（回）」為《說文》篆文第 53「又字類」的「叟（叟）」為《說文》古文。

63、下日字類

類下標記「文四」，共收篆文 4 字，詳見下：

日（日）、曰（曰）、甘（甘）、白（與自同）

世豪謹案：此類之「日（日）」同見於第 61「上日字類」、第 62「中日字類」。「曰（曰）」、「甘（甘）」皆同見於第 61「上日字類」。「白」闕楷體，下注云：「與自同」，見於後第 64「白字類」之「白（自）」。

64、白字類

類下標記「文八」，共收篆文 8 字，詳見下：

白（白）、自（自）、白（此亦自字）、泉（泉）、兒（兒）、樂（樂）、皂（皂）、甲（甲）

世豪謹案：此類之「自（自）」同見於第 63「下日字類」之「白」及本類中之「白」。「白」闕楷體，下注云：「此亦自字」，與第 63「下日字類」之「白」及本類中之「自」之楷書同。「甲（甲）」只注云：「注見上」，以下並無說解，考前述第 23「兩畫類」之「十」下注云：「古文甲字、在字亦如

此作」。見後第 69「上田字類」之「甲」，楷體爲「甲」，則推究本類之「甲」應楷定爲「甲」。

65、百字類

類下標記「文四」，共收篆文 4 字，詳見下：

百（百）、西（西）、百（百）、丙（丙）

66、月字類

類下標記「文七」，共收篆文 7 字，詳見下：

月（月）、肉（肉）、舟（舟）、丹（丹）、冃（冃）、月（闕）、扁（扁）

世豪謹案：此類之「月（月）」與「肉（肉）」皆同見於第 50「夕字類」，但「月」、「肉」篆體稍別，詳待後章討論。「舟（舟）」同見於第 62「中日字類」。「冃（冃）」同見於第 61「上日字類」。「月」下注「闕」，闕《說文》之說解。

67、皿字類

類下標記「文六」，共收篆文 6 字，詳見下：

四（四）、目（目）、网（网）、同（同）、皿（皿）、爵（爵）

世豪謹案：此類之「爵（爵）」同見於第 12「中三點類」。

68、目字類

類下標記「文六」，共收篆文 6 字，詳見下：

盼（盼）、盻（盻）、晛（晛）、眄（眄）、眅（眅）、眤（眤）

69、上田字類

類下標記「文六」，但收篆文 9 字，詳見下：

田（田）、囟（囟）、由（由）、囟（古文囟）、圖（圖）、甲（甲）、毋（毋）、果（果）、甲（闕）

世豪謹案：此類標明「文六」，應收篆文 6 字，但考其中之篆文數目，當有 9 字。「甲（甲）」同見於第 64「白字類」與第 23「兩畫類」作古文甲解之「十」，依前述之體例應注云：「注見上」，但此字下無如此注，且具完整之說解。「甲」下注「闕」，闕楷體與《說文》之說解。

70、中田字類

類下標記「文十六」，共收篆文 16 字，詳見下：

田（田）、囗（古文囪）、田（毋）、用（用）、臼（臼）、畫（書）、

魚（魚）、畕（畺）、萬（萬）、睪（睪）、車（車）、夐（夐）、窫（窫）、

東（東）、柬（古文陳）、柬（柬）

世豪謹案：此類之「田（田）」、「囗（古文囪）」、「田（毋）」皆同見於第 69「上田字類」。「用（用）」同見於第 38「冂字類」。「臼（臼）」同見於第 61「上日字類」。「畕（畺）」同見於第 42「凹字類」。「萬（萬）」同見於第 33「上艸字類」。「睪（睪）」同見於第 32「丗字類」。

71、下田字類

類下標記「文五」，共收篆文 5 字，詳見下：

田（田）、甾（甾）、凷（凷）、申（闕）、申（甲）

世豪謹案：此類之「田（田）」同見於第 69「上田字類」、第 70「中田字類」。「申（甲）」同見於第 64「白字類」、第 69「上田字類」與第 23「兩畫類」作古文甲解之「十」。「申」下注「闕」，闕楷體與《說文》之說解。

72、里字類

類下標記「文三」，共收篆文 3 字，詳見下：

里（里）、黑（黑）、東（東）

世豪謹案：此類之「東（東）」同見於第 70「中田字類」。

73、皀字類

類下標記「文七」，共收篆文 7 字，詳見下：

皀（皀）、艮（艮）、皀（皀）、皀（古文㪅）、𣪊（良）、𩖑（𩖑）、退

（退）

世豪謹案：此類之「皀（皀）」同見於第 64「白字類」。「𣪊（良）」同見於第 1「上一點類」。

74、亾字類

類下標記「文六」，共收篆文 6 字，詳見下：

ㄥ（凶）、ㄣ（匕）、禿（長）、ㄖ（畏）、ㄈ（辰）、麤（展）

世豪謹案：此類之「ㄣ（匕）」同見於第 24「人字類」。

75、正字類

類下標記「文四」，共收篆文 4 字，詳見下：

疋（正）、足（疋）、匹（匹）、ㄥ（凶）

世豪謹案：此類之「足（疋）」同見於第 59「口字類」。「ㄥ（凶）」同見於第 74「ㄥ字類」。

76、巳字類

類下標記「文五」，共收篆文 5 字，詳見下：

ㄣ（巳）、ㄋ（己）、ㄖ（吕）、ㄗ（卩）、ㄣ（弓）

世豪謹案：此類之「ㄖ（吕）」同見於第 59「口字類」之「吕」，但篆體稍別，詳代後章討論。「ㄗ（卩）」同見於第 43「弓字類」、第 44「尸字類」。「ㄣ（弓）」同見於第 43「弓字類」。

77、尢字類

類下標記「文六」，共收篆文 6 字，詳見下：

尢（尢）、宂（宂）、穴（穴）、尣（尣）、元（元）、兀（兀）

78、冠字類

類下標記「文五」，共收篆文 5 字，詳見下：

冠（冠）、寇（寇）、旭（旭）、建（建）、毙（毙）

79、斤字類

此類下無小注，標明「文四」，收篆字頭 4 字。

兵（兵）、北（北）、㐫（㐫）、席（席）

世豪謹案：此類之「㐫（㐫）」同見於第 42「凵字類」。

80、山字類

類下標記「文四」，共收篆文 4 字，詳見下：

山（山）、屮（屮）、之（之）、嵩（嵩）

世豪謹案：此類之「屮（屮）」同見於第 25「臥人類」。「屮（之）」同見於第 1「上一點類」與第 28「土字類」之「屮」，但篆體稍別。

81、𦣞字類

類下標記「文四」，共收篆文 4 字，詳見下：

𦣞（𦣞）、臣（臣）、匝（匝）、𦣞（巨）

82、𠃊字類

類下標記「文四」，共收篆文 4 字，詳見下：

𠃊（𠃊）、𢑒（又）、𧱐（彖）、𢑒（闕）

世豪謹案：此類之「𢑒（又）」同見於第 6「旁一點類」、第 51「夊字類」、第 52「𠂇字類」、第 53「又字類」之「𢑒」，但篆體有別。「𧱐（彖）」同見於第 19「下四點類上」。「𢑒」下注「闕」，闕楷體與《說文》之說解。

83、聿字類

類下標記「文五」，共收篆文 5 字，詳見下：

肅（肅）、肅（聿）、書（書）、妻（妻）、隸（隸）

84、幸字類

類下標記「文五」，共收篆文 5 字，詳見下：

幸（幸）、牽（牽）、喬（喬）、垚（垚）、南（南）

85、敕字類

類下標記「文六」，共收篆文 6 字，詳見下：

敕（敕）、敕（敕）、芦（芦）、秋（秋）、鏊（鏊）、殺（殺）

86、虍字類

類下標記「文九」，共收篆文 9 字，詳見下：

虎（虎）、虐（虐）、盧（盧）、盧（盧）、膚（膚）、虜（虜）、慮（慮）、虛（虛）、虞（虞）

87、焱字類

類下標記「文六」，共收篆文 6 字，詳見下：

焱（焱）、焱（焱）、林（莢）、赫（闕）、普（普）、榮（榮）

世豪謹案：此類之「<ruby>花</ruby>」下只注「闕」，闕楷體、《說文》之釋與其他相關之說解。

88、戉字類

類下標記「文三」，共收篆文 3 字，詳見下：

戉（戉）、戉（戉）、戉（戉）

世豪謹案：此類之「戉（戉）」同見於第 6「旁一點類」。

89、豕字類

類下標記「文七」，共收篆文 7 字，詳見下：

豕（豕）、象（象）、象（象）、彙（彙）、豚（豚）、彖（彖）、豕（豕）

綜上所述，可知在每個大類之下，各歸屬入具該類形構的篆文字頭，例如「上一點類」收「一（一）、二（古文上）、入（入）、大（大）、大（籀文大）、丶（丶）、古（去）、云（云）、之（之）、永（永）、戶（戶）、良（良）、齊（齊）、雍（雍）」14 個篆字；「𫝀字類」收「𫝀（𫝀）、冢（冢）、豐（豐）、雋（雋）」4 個篆字。這些篆文字頭之楷定都具有該類之部件或可類推之形構關係。

（三）繫楷字

通常一般字書於每個部首底下繫屬該部之字頭，其後便注解此字之形音義。不過《字通》在篆文字頭之下的雙行小注，除了說明音切及引《說文》解說形義之外，還進一步附上從屬於該篆文字頭結構相關的楷字，成為大類之下收篆文字頭，篆文字頭下再繫屬楷字的三階層次。茲依各部類所收之篆文字頭為目，系聯所屬之字，且將有繫屬楷字之篆文字頭與未繫屬楷字之篆文字頭分列二部分，條列說明如下：

1、上一點類

一（一）：元

二（古文上，二）：辛、旁、示、帝

入（入）：亡 /〔註40〕衣、文、交、高

〔註40〕此「/」斜線是標明繫屬楷字中「從此」與「如此作」之分別，斜線前者為「從此」

大（大）：奇、亦

亣（籀文大，亣）：立

丨（丶）：主、音

𠫓（𠫓）：充、育

云（云）：魂

业（之）、㱡（永）、戸（戸）、皀（良）、斉（齊）、雝（雝）

2、立字類

立（立）：端、靖

辛（辛）：姜、章、龍、童、音

咅（咅，音）：倍、部

彦（彦）：産

奇（奇）、帝（帝）

3、广字類

广（广）、厂（厂，广）、鹿（鹿）、庚（庚）

4、宀字類

宀（宀）：家、室

𡨄（古文終，𡨄）：牢

宁（宁）、它（它）

5、方字類

方（方）：航、放

扒（扒）：旌、旗

於（古文烏，於）

6、旁一點類

弋（弋）：戈、弍

戊（戊）：成、戌

（犬）：戾、友

（又）：尢（尤）、甫（甫）

（卜）：卟、貞、占、外／卤

（兔）：冤、逸／菟

（又）、（尤）、（虍）、（篆文丁）

7、上兩點類

（八）：兮、曾、酋、豕

（屮）：羌、羞、養、善、苟

（干）：羊、苹

（水）：益

（火）：俲

（弟）、（夒）、（立）、（并）、（兼）、（茲）、（壽，前）、（差）、（箸，着）、（谷）、（父）、（曾，首）

8、中兩點類

（八）：麦、詹、畜、屑（屑）

（儿）：燮、夋、夏、夒

（壴）：嘉、喜

（干）：善、苶

（交）：夔、絞

9、下兩點類

（六）：冥

（丌）：其、典、畁、巽

（収，廾）：共、具、舁

（儿）：兒、頁

（古文光，芫）：黃

（貝）、（只）、（寅）、（眞）

10、旁兩點類

二（二）：次、匀／於、太（夳）

仌（仌）：凌、冷

彐（叉）：蚤

八（八）：必

爼（爼）、疒（疒，疒）

11、上三點類

川（巛）：邕、歺（歺）、首（䭫）、鼠

小（小）：貟、尜

巛（巤）：巢、巂

水（水）：巠

12、中三點類

川（巛）：巠、州

爪（爪）：垩、受

虁（爵）、夣（愛）、舁（舜）

13、下三點類

川（巛）：巟、侃

㐬（㐬）：疏、流

火（火）：票、寮

枲（糸）、京（京）、鼎（鼎，鼎）、尚（尚）、亢（亣）

14、旁三點類

彡（彡）：須、尋（𢒸）

巛（水，氵）、非（非）

15、木字類

木（木）：麻、枲

林（木，朩）：南、沛

术（术）：述

木（木）、余（余）、未（未）、呆（古文保，呆）、突（突）

16、示字類

示（示）：祭、奈

禾（禾）：穎（穎）、稟（稟）

火（火）：票、尉

17、上四點類

米（米）：嵒、鬻

釆（釆）：番、卷（巻）、奧（奧）、悉

炎（炎）：舜

丞（丞，丞，乖）：脊（脊）

术（�）

18、中四點類

牽（牽）、兆（兆）、雨（雨）、羽（羽）、鹵（鹵）

19、下四點類上

米（米）：康、暴

釆（釆）：宷

水（水）：滕、泰

心（心）：恭、慕

尾（尾）：屬、隸、㞷

永（永）：羕

求（求）、彖（彖）

20、下四點類下

火（火，灬）：熙、然、庶、黑／魚、燕

絲（絲）：顯、隰

鳥（鳥）：烏、舄、焉

禿（豸）：鷹／豸（豸）

蕪（無）、鳶（爲）、豸（馬）

21、一畫類

丶（丶）：父、弗

丿（丿）：弋

丶（丶）：也

乙（古文及）：凡

乚（乚）：凵、直

乚（乚）：孔、乳

乚（乙）：乾、亂／臾、尤、失、尺、瓦、局

一（一）、丨（丨）、乚（く）、丿（丿）

22、一丿類

厂（丿）：虒、欣

糸（系）：緜、縣

人（人）：千、壬

乇（乇）：託、宅

禾（禾）：科、程

禾（禾，禾）：稽、稼

釆（釆）：番、釋

毛（毛）：氈、眊

手（手）：看、失

夭（夭）：喬、奔

爪（爪）：孚

千（干）：舌

厂（闕）：尸、后、厄

巫（巫）、我（我）、牟（牟）、禹（禹）、熏（熏）、血（血）、乏（乏）、延（延）

23、兩畫類

八（八）：介、夯

十（十）：博、協／甲、在

二（古文下）：雨

二（古文上）、二（二）、川（巛）、乂（古文五・乂）

24、人字類

几（人）：負、色

匕（匕）：眞、辰

几（匕）：皁、卓

刀（刀）：賴、絕、�

尸（闕）：矢（吳）

25、臥人類

几（人）：臥

人（入）：矢／隹

午（午）：卸

屮（屮）：每

飽（餔）、气（气）、季（年）、复（复）、履（履）

26、入字類

人（入）：全、羅

个（亼）：余、今

几（人）：企、介

27、三畫類

彡（彡）：參

彳（彳）：走

三（三）、川（巛）、小（小）、气（气）

28、土字類

土（土）：徒、堯

士（士）：壯、吉

业（之）：臺、寺、志

大（大）：幸（夆）、戴

夭（夭）：走、夆（幸）

米（古文旅）：者

爻（爻）：希、孝

屮（出）：賣、崇

光（先）：奄、竈

肯（吉）：殼

谷（谷）：卻（却）、郤

豈（豆）：鼓、尌

才（才）：戈

竹（从）：載

雈（雀）：截

耂（老）、耆（袁）、磬（籀文磬，殸）、舍（舍）、矢（矢）

29、王字類

坓（主）：枉、往

王（王）、王（玉）、王（壬）、乇（壬）、坓（主）

30、主字類

生（生）：青

平（巫）：素

米（束）：責

屮（出）：敖（敷）

丰（丰）：耒

表（袤，表）、毒（毒）、奉（奉）、奏（奏）、泰（泰）、春（春）、

𣇃（春）

31、𰀁字類

𣏌（冄）：袞

𣪊（𣪊）：襄、囊

𡪄（𡪄）：塞

𦩸（𦩸）、𡪄（寒）、柴（柴，寨）

32、𠀡字類

𠀡（世）：葉

𦰩（𦰩）：棄、畢

𣏐（𣏐）：乘

𠕋（丞）

33、上𭕄字類

𠦃（廿）：芙、燕、革

艸（艸）：草、薛

丫（丁）：雚、乖、繭、苜

𧄦（萬）：蠆、厲

芈（羋）、𣁐（昔）、𢾭（散）

34、中𭕄字類

𠦅（卉）：賁、奉

豆（豆）：嘉、喜

𠀆（丌）：屍

𠬞（収）：異

𠦒（𠦒）：善

35、下𭕄字類

𠬞（収）：弇、弄

艸（艸）：莽、葬

开（开）：形、并

市（市，卅）

36、上宀字類

冂（宀）：冠、冞

勹（勹）：軍、冢

甸（甸）

37、中宀字類

冂（宀）：吉、亳

宀（宀）：崇、尙

卝（卝）：煢、帝

米（木，市）：南、索、舉、孛

勹（勹）：曾、翼、夢

壺（壺）：壹、壹

橐（橐）：囊、橐

受（受）、舞（舞）、愛（愛）、帝（帝）、憂（懸，憂）、骨（骨）、羍（羍）、
牽（牽）、訇（訇）、橐（橐）、帶（帶）

38、冂字類

冂（宀）：网、冃

宀（宀）：回

用（用）：周、甯

卅（卅）：侖、扁

井（井）：丹

九（九）：内（内）、离、禺

网（网）

39、西字類

西（西）：賈、覈

鹵（西）：堲、壐

卤（鹵）：粟、栗

亞（亞）：惡（恶）

卤（鹵）：覃

學（要）、舉（舁）、興（興，票）、亞（古文酉）

40、爨字類

爨（爨）：釁、釁

鬱（鬱）、農（農）、釁（釁）、盥（盥）、興（興）

41、曲字類

曲（曲）：豊（豊）

豊（豊，豐）：禮、艷

豊（豐）：豔

農（農，农）、典（典）

42、屵字類

屵（屵，岳）、豕（豕）、暑（暑）、雋（雋）

43、孑字類

孑（马）：甬、氾

孒（卪）：丞

孓（子）：疑

孑（予）、矛（矛）

44、尸字類

尸（尸）：居

尸（卪）：辟、反

磬（籀文磬，殸）：聲、磬

眉（睂，眉）、賓（賓）、巳（巳，巴）

45、上儿字類

　　尺（儿）：殳

　　八（几）：且

　　尺（凡）：風

　　九（九）：染、厹

　　巴（夘）：夙（夗）

46、下儿字類

　　巴（儿）：梟

　　八（几）：屍、凭

　　九（九）：尻

　　乜（儿）：虎、禿

　　彐（瓦）：嘗

　　亯（克）、兔（兔）

47、芻几字類

　　八（几）：帆、処

　　九（九）：軌

　　尺（凡）：軓

　　巴（夘）：巩、執、夙（夗）

　　卂（丸）：紈、骫

　　九（人）：夙（死）

48、勹字類

　　勺（勹）：勻、匈、菊、㧖

　　弓（丩）：句

　　乙（勺）：釣、約

　　刀（人）：令、參

　　乙（闕）：蜀

　　乁（乙）：局

49、刀字類

　　分（刃）：梁、枬

　　刀（刀，古文掌）、几（人）、刃（刃）、勿（勿）

50、夕字類

　　夕（夕）：夗、外

　　夕（月）：望（朢）

　　月（肉）：將、祭

　　夬（夊）：及、舛

　　夬（夬，彐）：卿、归

　　乑（古文酉，乑）：畱、柳

　　卢（卢）：殊、殛

　　肖（肖，歺）、夘（夘，卯）、夘（卵）、夷（升，外）

51、夊字類

　　夊（夊）：夆、各

　　夬（攴）：攸、救、變、故

　　兂（古文終）：冬

　　夬（夊）：夋、致

　　久（久）：羑、灸

　　彐（又）：隻、蔓、雙

52、ナ字類

　　ナ（ナ）：卑、陸

　　彐（又）：灰、厷、尢、右

　　彐（父）：布

　　才（才）：存、在

　　夾（夾，亦）：夜

　　尤（犬）：尨、犮

53、又字類

彐（闖）：皮、叚

冏（文）：鏊、虔（虔）

彐（又）、攴（支）、屮（屮）、帚（攴）、昌（夏）、攴（攴）、乊（及）、

屶（曵，史）、帚（夆，夬）

54、上大字類

大（大）：奢、夷、奄、奮

夨（夭）：奔

昚（育）：裔

甫（朿）

55、下大字類

大（大）：美、奭

大（夭）：笑

兀（兀）：奠

屮（艸）：莫

舁（収）：奐、羹

䒑（㳫）：樊

大（矢）：吳、夬

布（夫）：規

夰（夰）：昇（昊）

夲（本）：奏

尤（犬）：獎、突

塞（塞）：鷓（難）

夰（矢）、光（失）

56、夾字類

夾（夾）：挾、狹

夾（夾）：陝

來（來）：麥、嗇（嗇）

朿（束）、爽（爽）

57、市字類

米（木）：柿、肺

朮（朮，朮）：柿

而（而）：師、霈

半（屮）：欻（癤）

市（市）、尚（市）、朮（朮）

58、中字類

中（中）：史、啻

臾（臾）：貴、虛

片（爿）：央

中（丑）：婁

患（患）

59、口字類

口（口）：言、舌

口（口）：員、冑、舍、足

凵（凵）：凵

凵（厶）：去

乙（厶）：弘、強

乙（乚）：戌

厶（厶）：公、鬼

㠯（㠯）：台、允／弁

厶（闕）：牟

冎（冎）：別

疋（疋）：胥、楚

乚（乚）

60、品字類

品（品）：臨、梟

晶（晶）：曐、曑

厽（厽）：絫

齊（齊）

61、上日字類

日（日）：昌、旦

日（日）：曷

日（甘）：殷

月（冃）：曼、最、冒、勖

囚（囚）：盈（昷）

臼（臼）：晨（晨）

易（易）：易、影（古文馬）

62、中日字類

日（日）：冥、莫

回（回）：宣、垣

月（舟）：亘、緼

63、下日字類

日（日）：普、暜（晉）

日（日）：曾、替（暜）

曰（甘）：香、旨

白（與自同）：皆、魯、者、習

64、白字類

白（白）：皋、帛

自（自）：臬、臭

白（此亦自字）：皇

泉（泉）：原

（兒）、（樂）、（皀）、（甲）

65、百字類

（西）：佰

（百）：頁、面（面）

（百）、（丙）

66、月字類

（月）：期、朏、霸、朔

（肉）：脂、膏

（舟）：俞、朝、朘、服

（丹）：青、朦

（冃）：冑

（闕）：殷

（扅，朋）

67、罒字類

（目）：罥、眾/眾、蜀

（网）：罷、羅、置

（囧）：明

（皿）：寧、覽

（四）、（爵）

68、目字類

（盼）、（盻）、（眄）、（眨）、（眅）、（眍）

69、上田字類

（田）：里、奡

（囟）：思、細

（由）：禹、畢、畏

（古文囟）：里

囲（図）：胃

甲（甲）：卑

田（毌）：貫

甲（闕）：單

果（果）

70、中田字類

田（田）：畺、黃

四（古文囱）：曾、會

田（毌）：虜

用（用）：尃、勇

臼（臼）：申、奄

書（書，叀）：惠、憲

柬（柬）：闌、涷

羋（羋）：糞

魚（魚）、嘼（嘼）、萬（萬）、車（車）、更（夏，更）、妥（妥）、東
（東）、陳（古文陳）

71、下田字類

田（田）：苗、奮

甾（甾）：盧、畚

凷（凷）：屈（屆）

由（闕，由）：粤、冑

甲（甲）：戉（戎）、早（早）

72、里字類

里（里）：釐、廛

黑（黑）：熏

東（東）：重、量

73、艮字類

　　𠂤（艮，𥎊）：根、限

　　𠂤（皀）：鄉、食

　　𠂤（古文更）：廄

　　𠂤（良）：郎、眼

　　𠂤（𦚤）：殷

　　𠂤（艮）、𢓕（退）

74、匕字類

　　𠤎（匕）：良、喪（喪）

　　𠤎（七）：良（艮）、皀

　　𠔉（長）：髟、肆（隸）

　　畏（畏）、辰（辰）、屢（屢，展）

75、正字類

　　正（正）：是、定

　　𤴔（疋）：䟓

　　匹（匹）：甚

　　凵（凵）：匈、㠱（乍）

76、巳字類

　　𠃊（巳）：熙、坉、起、祀

　　己（己）：妃、坛、記、㖈

　　己（㠱）：弁（异）、㭘

　　卩（卩）：肥、厄、鬱、卷

　　𠃌（𠃌）：氾、皀（畀）

77、尢字類

　　尢（尢）、宂（宂）、內（穴）、衣（允）、亢（亢）、尣（兀）

78、冠字類

　　𠅌（宄，旡）：䄎、綅（亮）

帣（冠）、帣（寇）、阰（旭）、隹（隹）

79、斤字類

兵（兵）、丠（北，丘）、閲（峀，岳）、席（庱，斥）

80、山字類

山（山）：崇、屵

屮（屮）：蚩／屬、离

屮（之）：蚩、先、坒、严

岽（耑）：段、豈

81、自字類

𠂤（自）：歸、官

臣（臣）：臤、宦

臣（臣）：配、宦

巨（巨）

82、彑字類

彑（彑）：象、豪

彐（又）：尋、帚

彐（關）：／殷、肩

彖（彖）

83、聿字類

聿（聿，聿）：肄、肅

聿（聿）：書、筆

隶（隶）：隸、隸

聿（聿）、隶（隶）

84、幸字類

幸（幸）：報、執

羍（羍）：達

幸（㚔）：倖

坴（坴）：熱、藝

𡴭（南）

85、𣡍字類

𣡍（𣡍，敕）：嫠（整）

𦔼（芝，犛）：鰲、犛（犛）

𣤯（猒）：懋

𣡍（𣡍，敕）、𣡍（氂）、𣢮（𣣊，敕）

86、虍字類

𧇠（虧）：虧

𧇠（盧）：覰

𧇦（慮）：戲

𧇠（膚）：盧

𧇠（虎）、𧇠（虜）、𧇦（慮）、𧇠（盧）、𧇠（慮，虐）

87、兟字類

兟（兟，兟）：替（暜）

兟（兟）：贊

林（枎）：輦

兟（闟）、暜（暜）、琴（琹）

88、戉字類

戉（戉）：成、戌

戉（戊）：幾、蔑

戉（戉）：越、戚

89、彖字類

彖（彖）：豦、象、彖、豕

彖（彖）：彙

彔（彖）、彔（彖）、彔（豚）、彔（彔）、禾（禾，亥）

由上述可知其層次之安排爲：

第一層次：分大類 ⟶ 第二層次：置篆字 ⟶ 第三層次：繫楷字

例：上宀字類 ⟶ ∩（宀）⟶ 冠、冠

簡而言之爲「分大類」、「置篆字」、「繫楷字」三階層，在用以呈現楷體點畫偏旁形構對篆體形構的包覆性（第一層次的大類對第二層次篆字而言），以及楷體對篆體形構的繫屬關係（第三層次的楷字對第二層次篆字而言）。

三、分類編排之形式

從編排形式而言，可從文字形體之類別形式以及同一個文字分立於他類之形式二方面論之：

（一）文字形體之類別形式

八十九類之形體類別有四種：

1、以點類屬

例如「一點類」、「兩點類」、「三點類」、「四點類」等。

2、以畫類屬

例如「一畫類」、「兩畫類」、「三畫類」等。

3、以偏旁類屬

例如「广字類」、「宀字類」、「丗字類」、「勹字類」、「一字類」等。

4、以整字類屬

例如「大字類」、「夾字類」、「市字類」、「月字類」、「豕字類」等。

篆文字頭之形體類別也作四種：

1、篆文之形

「篆文」者例如「三（三）」、「屮（之）」、「爻（爻）」。

2、古文之形

「古文」者例如「米（古文旅）」、「Ｘ（古文五）」、「二（古文下）」。

3、籀文之形

「籀文」者例如「𣪠（籀文磬）」

4、部件

「不成文之篆體結構」今作「部件」看待，例如「𦥑」、「月」、「囧（囧）」。

（二）文字之複見形式

字書編纂爲適應隸變和楷化後的文字發展，而以楷體偏旁形類歸納文字，但是楷體構形的類化現象，使得在以形類屬文字的過程中，會出現這一字可入此部也可入彼部之情況。從檢索的需求角度而言，便出現了複見的形式。在《龍龕手鑑》中便開始使用此種體例，但是《龍龕手鑑》之編纂體例，用於檢字，有以音序、有以部敘，複見形式的應用，純粹是一種輔助檢索的功能，而《字通》的複見形式則存在推考字形與歸整形構的意識，所以其不只有檢字法上的意義，還具有楷體部件歸整系統化的考量，故其複見形式由於其體例上的特殊性，可細分作三種：

1、同篆複見於兩類者

第一種是直接從《字通》注解中明示「注見上」者，其篆文複見於各大類之中，例如「𠂆（人）」字複見於「一丿類」、「人字類」、「臥人類」、「入字類」、「匃几字類」、「勹字類」、「刀字類」。又如「𦥑（収）」字複見於「下兩點類」、「中艹字類」、「下艹字類」、「下大字類」。

2、同楷複見於兩篆者

第二種是篆字頭下所繫楷字與其他篆字下繫之楷字的複見現象，例如「旁一點類」的「𢦏（戌）」與「戌字類」的「𢦏（戌）」下皆繫「成、戌」二字。又如「山字類」的「屮（屮）」和「𡳾（之）」下皆繫「蚩」字。

3、篆文複見於楷字者

第三種是在此類爲篆字頭，但在他類則爲篆字頭的繫屬字，例如「立字類」的篆字頭「帝（帝）」於「上一點類」則爲「二（古文上）」之下繫屬的楷字「帝」。又如「幸字類」的篆字頭「𡴀（南）」則複見於「中冖字類」內所收的篆字頭「𣏟（木）」之下繫屬的楷字「南」。以上爲《字通》的編排形式中三種「同篆複見、同楷複見、篆文複見於楷體」的複見形式。

四、始一終亥的序字體例

〈說文後敘〉說:「其建首也,立一為耑……畢終於亥。」〔註41〕這是在說明540部的排列次序是始於「一」部,終於「亥」部。許師錟輝曰:「許慎之所以如此安排,是受了漢代陰陽五行家學說的影響,他認為一是萬物的本原,萬物生於一,《說文》說:『一,惟初太極,道立於一,造分天地,化成萬物。』所以把『一』立為540部之首。他又認為亥是萬物的終極,《說文》說:『亥,荄也。』荄義為艸根,引申有終極之義……所以把亥立為540部之末,還有周而復始,生生不息之義。」〔註42〕許慎以篆文立部,建構其文字的系統,也成為分部之體例。

《字通》是以楷體作為分類繫字之依據,其突破了540部在楷體分類的限制,就89類的構形體系而言,並無涉於始一終亥的體例。但是由於李從周是站在推崇《說文》的立場,在編輯體例中又利用了第二層的篆字作為楷字推源的依據,形成以楷體分類構形體系與篆體推源系統的二重編輯繫字形式,在這種推本《說文》的觀念底下,其實李從周在篆文字頭的序字體例上,也隱含著許慎「始一終亥」的編排。

自第1「上一點類」至第89「豕字類」的編輯,乍看之下在次序上並無意義,但是這些篆文字頭多本為540部的部首,詳考「上一點類」首個篆文字頭「一」為「一」之義,而「豕字類」最末的篆文字頭「𠀎」則為古文亥字,可以發現李從周在楷體的構形局限裡,利用分類先點、繼畫、後偏旁的次序以及推源系統的篆文字頭之排序巧妙地讓《說文》「始一終亥」的體例再現於這部楷體字書,可說是創新中又附含崇古之意。

五、體例與內容之性質與關係

此處欲從三個面向來探討《字通》之體例。就性質而言,要了解前述三階層次分類自身的性質為何;就關係而言,要分析89大類與所繫篆文字頭、篆文字頭與從屬楷字之關係;最後並討論這些性質和關係所呈現的作用。

〔註41〕〔清〕段玉裁注:《說文解字注》(台北:萬卷樓圖書公司,2002年8月),頁789。
〔註42〕許師錟輝:《文字學簡編・基礎篇》(台北:萬卷樓圖書公司,1999年3月),頁107。

（一）分類性質

89 大類具有「構形」與「結構位置」兩種性質之分。

1、構形性質

89 類的構形性質可細分為「成字構形」、「析分部件」二種。

（1）成字構形

成字構形意云以成文的文或字作為一類，例如「正字類」、「山字類」、「戊字類」、「敕字類」等。

（2）析分部件

此析分的部件又有點、畫、偏旁三種類型。

甲、點

此類從楷體構形的「點」部件為畫分性質，例如「上一點類」、「中兩點類」、「旁三點類」等。

乙、畫

此類從楷體構形的「畫」部件為畫分性質，例如「一畫類」、「兩畫類」、「三畫類」等。

丙、偏旁

此類性質為楷體構形的「偏旁」作為類推部件，劃分性質，例如「丯字類」、「丗字類」、「凹字類」等。

2、結構位置性質

從「結構位置」而言，可分「整體結構」、「旁立結構」、「上中下結構」。

（1）整字結構

整字結構者，意云以成字的結構組成模式以及該整字為文字類推的形近部件形成一類，屬於上述「成字構形」的性質，例如「曲字類」、「刀字類」、「中字類」、「品字類」等。

（2）旁立結構

旁立結構意指以該類之分類依據，是以構形偏旁位置位於該字之一邊者，例如「旁一點類」、「旁兩點類」、「旁三點類」等。

（3）上中下結構

上中下結構意指該類之分類是依據構形偏旁位置在該字構形的上、中、下

者，例如「上⁺⁺字類」、「中一字類」、「下大字類」等。

篆文字頭的性質，則分爲原《說文》部首字與非部首字兩類，例如「夕字類」所收「𝄐（夕）、𝄐（月）、𝄐（肉）、𝄐（夊）、𝄐（卢）、𝄐（肖）、𝄐（𠂤）、𝄐（𠂤）、𝄐（古文酉）、𝄐（卵）、𝄐（升）」十一個字頭，原爲部首字者有「𝄐（夕）、𝄐（月）、𝄐（肉）、𝄐（夊）、𝄐（卢）、𝄐（𠂤）、𝄐（古文酉）、𝄐（卵）」八字，「𝄐（肖）、𝄐（𠂤）、𝄐（升）」三字則非部首。在 89 類中的字頭，以原部首字爲多，少數則因楷體構形類推的關係，而收非部首的篆文字頭。

從屬的楷體之性質，主要有形體從此之類與亦如此作之類，例如「上一點類」中之「𝄐（入）」下從屬楷字分「亡字從此」、「衣、文、交、高等字亦如此作」兩類，又如「旁一點類」中之「卜（卜）」下也分「卟、貞、占、外等字從此」、「鹵字亦如此作」。以「從此」者爲常見，因其字整體形構關係與篆文字頭較爲相近，「亦如此作」者則尙可類推其形，但較其形構只爲該從屬篆字的一部份，例如「𝄐（兔）」下從此之楷字爲「冤」、「逸」，字中從「兔」整體形構，而亦如此作之「莬」字只從兔字下部之形。

（二）分類之關係

依據李從周於 89 大類下「上一點類」、「立字類」、「上兩點類」、「下兩點類」、「木字類」、「一丿類」、「刀字類」、「广字類」、「囗字類」、「下日字類」十類的注解可以發現，其實這 89 類彼此又存在著在文字形義上與形體結構上的三種關係。。

1、文字形義的共通關係

此種關係說明了構形分類內所收之字頭彼此存在著意義的關聯性，是一種字原觀念的體現。例如「上一點類」下雙行小注云：「凡一之屬，在上者象天，在下者象地。」〔註43〕在「一畫類」中所收之第一個篆文字頭「𝄐（一）」之注解申明了此字義：「篆文，具天地之義者多從此。」〔註44〕又於「兩畫類」中之第一個篆文字頭「𝄐（古文上）」注下：「篆文，具天地之義者多從此。」

〔註43〕〔宋〕李從周：《字通》，頁 422。
〔註44〕〔宋〕李從周：《字通》，頁 427。

〔註45〕相同之說解。考察「三畫類」中之第一個篆字頭「三（三）」引用《說文》：「天地人之道也。从三數。」〔註46〕顯示出字原的意義關連。

2、形體結構的統括關係

這種統括關係又分作兩種，一種可從書中的注解清楚得知；一種則循其分類之排列順序與形體結構而理解。

（1）具統括性同置於一類，但實有小別

《字通》的「上兩點類」下注云：「此類曾頭羊角各不同。」〔註47〕此言可從其中所收置之篆字頭「上兩點」的構形來理解。所謂「曾頭」指上兩點作「八」者，如此類之篆字頭的「谷」、「父」皆屬「曾頭」一類。另外的「羊角」則以此類之「丷」爲代表，是「八」字的倒反構形，如羊之角形，「弟」、「夔」、「幷」……等皆屬此類。由此可以理解，雖然李從周以「上兩點類」爲統括此近似類之文字，但仍有所差異，只是程度上尚不足以另立一大類，故以存此注說以明其小別。

（2）此類構形對其它類有統括關係

此關係是在類與類之上，具有的統括關係，例如「上一點類」後可統括「立字類」、「广字類」、「宀字類」、「方字類」，這些偏旁皆具有上一點的形構；「兩畫類」後可統括「人字類」、「臥人類」、「入字類」，這些類皆以兩畫構成；「三畫類」後統括「土字類」，而「土字類」又可統括「王字類」、「主字類」。其實這種觀念承襲於《說文》列部之次第觀念中「據形系聯，以形相近爲次」的方式。

3、形體結構的近似關係

這裡所顯示出的是類與類之間所收之字頭的構形具有近似關係，析其注解，又可作四種分別。

（1）互見者

此類例如「刀字類」下注云：「互見人字類」〔註48〕；又如「下兩點類」下

〔註45〕〔宋〕李從周：《字通》，頁 428。

〔註46〕〔宋〕李從周：《字通》，頁 429。

〔註47〕〔宋〕李從周：《字通》，頁 424。

〔註48〕〔宋〕李從周：《字通》，頁 435。

注云：「此類俗書謂之其脚，互見本字類」〔註49〕。

（2）从此者

此類例如「木字類」下注云：「林森等字从此」；〔註50〕又如「ナ字類」下注云：「左从此」。〔註51〕

（3）類此者

此類例如「一丿類」下注云：「八法有掠有啄皆類此」。〔註52〕

（4）附　者

此類例如「口字類」下注云：「厶等附」；〔註53〕又如「下日字類」下注云：「曰、甘、白附」。

在《字通》八十九大類中之篆字頭下，大多有所繫屬之楷字，就李從周本身對這些楷字的解釋，可以發現與所屬篆文字頭之構形，存在著幾種構形上之關係。考篆字頭與所繫屬之楷字之形音義結構，又可分成從篆字得義者、從篆字得聲者、從篆字省聲得形者與可類推篆字之構形者四種：

1、從篆得義

例如「上一點類」之「　（一）」下注云：「惟初太極，道立於一。元字从此。」「元」字於《說文》作「从一从兀。」從「　（一）」得義。

2、從篆得聲

例如「立字類」之「㗊（杏）」下注云：「相與語唾而不受也。从否从丶，否亦聲。倍、部等字从此。」「倍」字於《說文》作「从人，㗊聲。」；「部」字於《說文》作「从邑，㗊聲。」皆從「㗊（杏）」得聲。又如「上一點類」之「云（云）」下注云：「古文雲，省雨。象雲囘轉形。魂字从此。」「魂」字於《說文》作「从鬼，云聲。」從「云（云）」得聲。

3、從篆省體得形

例如「上一點類」之「古（𠀉）」下注：「充、育等字从此。」「充」字

〔註49〕〔宋〕李從周：《字通》，頁425。

〔註50〕〔宋〕李從周：《字通》，頁426。

〔註51〕〔宋〕李從周：《字通》，頁436。

〔註52〕〔宋〕李從周：《字通》，頁428。

〔註53〕〔宋〕李從周：《字通》，頁437。

於《說文》作「从儿，育省聲。」又如「立字類」之「辛（辛）」下注云：「辠
也。从干二，二，古文上。妾、章、龍、童、音等字从此。」「龍」字於《說文》
作「从肉飛之形，童省聲。」皆從省其聲符而得之形。也有省形者，例如「尾」
字所繫屬之「隶」字《說文》：「及也。从又从尾省。又，持尾者。从後及之也。
凡隶之屬皆从隶。」推本《說文》原為「隶部」，此處从「尾」之省。

4、類推之形

例如「上一點類」之「亼（入）」下注云：「亡字从此，衣、文、交、高等
字亦如此作。」「衣」於《說文》作「象交覆二人之形。」「文」《說文》作「象
交文。」「交」《說文》作「从大象交形。」類似「入」所呈現之交會之形。

（三）分類之作用

分析了上述之性質與關係，可以明白《字通》分類體例主要的作用有三：

1、析分楷體，歸納形類

《說文》540 部首是以篆文立部，繫屬篆文，但是用於隸書和楷字，則由
於形體上的變化已產生類化、混同等現象，甚至是譌變或另造新體，則無法包
覆系聯這些形體，在《玉篇》已經開始採用義類歸屬的方式來調整 540 部的限
制，而後來又有音序屬字的變通方式，但是終究無法從形體上進行調整，所以
《字通》打破了 540 部，以 89 類作為楷體之分類歸屬，而在每類中所歸屬的篆
文字頭，則總共有 605 個，本屬 540 部之部首的有 267 個，幾乎等於 540 部的
一半，這些部首楷化後大多可歸入《字通》所分的 89 類，而這些部首本身所衍
生出的字，當然也可以歸入 89 類。在 540 部首中有些部首本為同一構形，只是
因為許慎的編輯觀而將其分立二部，例如大部又有籀文大部，人部、七部等其
實皆與人義有關，只是形體倒置，還有在楷化後形體相近的部首如王部、玉部、
壬部等在《字通》都進行了調整，例如將王、玉、壬歸屬於「王字類」，將土、
士歸屬在「土字類」顯示出《字通》分類具有析分楷體，並且也可能存在著對
540 部首形構的歸併性質。

2、類推偏旁，概括結構繁複不易析分之字

有些楷體形類結構繁複者，若要拆分，則在 89 類的點、畫、偏旁析分原則
下會造成歸類上的困難，而其結構組成具形近相類的關係，如「爨字類」所收

之「🔲（爨）、🔲（㦰）、🔲（農）、🔲（竇）、🔲（盥）、🔲（興）」，第一個字為部首字，其餘皆是著眼於跟「爨」字之構形相近而歸屬成一類。

3、使用位置與筆畫的觀念來改革楷書歸類的困擾

此點就是上述「形體結構的統括關係」的作用，為了讓楷體的歸類也可以據形系聯，以形之相近為次，李從周加入了部件的位置與筆畫兩種方法來調整原本楷體形構上不易歸類置部的困擾。

第三節　《字通》附錄編輯體例分析

本文的編輯，主要是對於辨似形體結構，從形構的角度呈現出其辨似字樣的觀點，而附錄共收錄八十二個篆文字頭，則區分用字之正俗，作為辨析字樣之正俗標準之示例，觀察其編輯形式，表面上純粹是八十二個以篆文領頭，下引《說文》說解，並辨析文義轉借及別出新字的條目。較之《干祿字書》、《復古編》依四聲分類，或《佩觿》分三科四聲十段，還是《五經文字》、《九經字樣》依部首而歸的體裁，《字通》附錄顯然簡略許多，但是筆者發現附錄八十二字的安排，其實也存在著一個編輯次序，只是作為附錄，本為本文之附屬，若另立體式，難免與全書整體不協，抑或存在其他原因，待本文先析述附錄編輯體例，再作考論。

附錄八十二字的編輯，並非只是例舉式的條目而已，筆者分析每條篆文下所注之音切，發現八十二字的序字乃依上平聲、下平聲、上聲、去聲、入聲而列次。茲參《廣韻》十六攝二百六韻，覆考八十二字之切語，析述其以韻編次的體例如下：

上平聲

共十六字：

頌，余封切。

世豪謹案：《廣韻》，上平聲，三鍾韻。

邕，於容切。

世豪謹案：《廣韻》，上平聲，三鍾韻。

離，呂支切。

世豪謹案：《廣韻》，上平聲，五支韻。

止　　之，止而切。

世豪謹案：《廣韻》，上平聲，七之韻。

而　　而，如之切。

世豪謹案：《廣韻》，上平聲，七之韻。

其　　其，居之切。

世豪謹案：《廣韻》，上平聲，七之韻。

虛　　虛，丘如切。

世豪謹案：《廣韻》，上平聲，九魚韻。

須　　須，相俞切。

世豪謹案：《廣韻》，上平聲，十虞韻。

於　　於，哀都切。

世豪謹案：《廣韻》，上平聲，十一模韻。

氐　　氐，都兮切。

世豪謹案：《廣韻》，上平聲，十二齊韻。

來　　來，落才切。

世豪謹案：《廣韻》，上平聲，十六咍韻。

顑　　顑，符眞切。

世豪謹案：《廣韻》，上平聲，十七眞韻。

云　　云，王分切。

世豪謹案：《廣韻》，上平聲，二十文韻。

原　　原，愚袁切。

世豪謹案：《廣韻》，上平聲，廿二元韻。

番　　番，附袁切。

世豪謹案：《廣韻》，上平聲，廿二元韻。

尊　　尊，祖昆切。

世豪謹案：《廣韻》，上平聲，廿四痕韻。依韻攝及開合等第之序，「尊」字應置於「云」字下。

下平聲

共十八字：

瞑　瞑，武延切。

世豪謹案：《廣韻》，下平聲，二仙韻。

顛　顛，都年切。

世豪謹案：《廣韻》，下平聲，一仙韻。

縣　縣，胡涓切。

世豪謹案：《廣韻》，下平聲，一仙韻。依韻攝及開合等第之序，「顛」、「縣」二字應置於「瞑」字之前。

然　然，如延切。

世豪謹案：《廣韻》，下平聲，二仙韻。

要　要，於霄切。

世豪謹案：《廣韻》，下平聲，四宵韻。

敖　敖，五勞切。

世豪謹案：《廣韻》，下平聲，六豪韻。

衰　衰，蘇禾切。

世豪謹案：《廣韻》，下平聲，八戈韻。

雅　雅，烏加切。

世豪謹案：《廣韻》，下平聲，九麻韻。

華　華，戶瓜切。

世豪謹案：《廣韻》，下平聲，九麻韻。

邪　邪，以車切。

世豪謹案：《廣韻》，下平聲，九麻韻。

常　常，市羊切。

世豪謹案：《廣韻》，下平聲，十陽韻。

臧　臧，則郎切。

世豪謹案：《廣韻》，下平聲，十一唐韻。

亢　亢，古郎切。頸也。

世豪謹案：《廣韻》，下平聲，十一唐韻。

憂，於求切。

世豪謹案：《廣韻》，下平聲，十八尤韻。

州，職流切。

世豪謹案：《廣韻》，下平聲，十八尤韻。

儋，都甘切。

世豪謹案：《廣韻》，下平聲，廿三談韻。

檐，餘廉切。

世豪謹案：《廣韻》，下平聲，廿四鹽韻。

沾，它兼切。

世豪謹案：《廣韻》，下平聲，廿五添韻。

上聲

共二十一字：

奉，文勇切。

世豪謹案：《廣韻》，上聲，二腫韻。

冢，知隴切。

世豪謹案：《廣韻》，上聲，二腫韻。

底，戡雉切。

世豪謹案：《廣韻》，上聲，五旨韻。

止，諸市切。

世豪謹案：《廣韻》，上聲，六止韻。

匪，非尾切。

世豪謹案：《廣韻》，上聲，七尾韻。

豈，袪狶切。

世豪謹案：《廣韻》，上聲，七尾韻。依開合之序，「豈」字應置於「匪」字之前。

巨，其呂切。

世豪謹案：《廣韻》，上聲，八語韻。

呂，力舉切。

世豪謹案：《廣韻》，上聲，八語韻。

無，文甫切。

世豪謹案：《廣韻》，上聲，九麌韻。

府，方矩切。

世豪謹案：《廣韻》，上聲，九麌韻。

主，之庾切。

世豪謹案：《廣韻》，上聲，九麌韻。

弟，徒禮切。

世豪謹案：《廣韻》，上聲，十一薺韻。

解，佳買切。

世豪謹案：《廣韻》，上聲，十二蟹韻。

每，武罪切。

世豪謹案：《廣韻》，上聲，十四賄韻。

采，倉改切。

世豪謹案：《廣韻》，上聲，十五海韻。

但，徒旱切。

世豪謹案：《廣韻》，上聲，廿三旱韻。

草，昨艸切。

世豪謹案：《廣韻》，上聲，卅三皓韻。

何，乎哥、乎可二切。

世豪謹案：「乎哥」切《廣韻》，下平聲，七歌韻；「乎可」切《廣韻》，上聲，卅三哿韻。

果，古火切。

世豪謹案：《廣韻》，上聲，卅四果韻。

网，文兩切。

世豪謹案：《廣韻》，上聲，卅六養韻。

久，舉友切。

世豪謹案：《廣韻》，上聲，四十四有韻。

去聲

共十四字：

丽　　丽，馮貢切。

世豪謹案：《廣韻》，去聲，一送韻。

气　　气，去旣切。

世豪謹案：《廣韻》，去聲，八未韻。

尉　　尉，於胃切。

世豪謹案：《廣韻》，去聲，八未韻。

莫　　莫，莫故切。

世豪謹案：《廣韻》，去聲，十一暮韻。

酢　　酢，倉故切。

世豪謹案：《廣韻》，去聲，十一暮韻。

麗　　麗，郎計切。

世豪謹案：《廣韻》，去聲，十二霽韻。

厲　　厲，力制切。

世豪謹案：《廣韻》，去聲，十三祭韻。

劓　　劓，魚祭切。

世豪謹案：《廣韻》，去聲，十三祭韻。

鈠　　鈠，呼會切。

世豪謹案：《廣韻》，去聲，十四泰韻。

隊　　隊，徒隊切。

世豪謹案：《廣韻》，去聲，十八隊韻。

祖　　祖，丈莧切。

世豪謹案：《廣韻》，去聲，卅一襉韻。

濯　　濯，直教切。

世豪謹案：《廣韻》，去聲，卅六效韻。

左　　左，則箇切。

世豪謹案：《廣韻》，去聲，卅八箇韻。

右　　右，于救切。

世豪謹案：《廣韻》，去聲，卅九宥韻。

入聲

共十五字：

𩎟　　孰，殊六切。

世豪謹案：《廣韻》，入聲，一屋韻。

蜀　　蜀，殊玉切。

世豪謹案：《廣韻》，入聲，三燭韻。

帥　　帥，所律切。

世豪謹案：《廣韻》，入聲，六術韻。

勿　　勿，文弗切。

世豪謹案：《廣韻》，入聲，八物韻。

渴　　渴，渠列、苦葛二切。

世豪謹案：「渠列」切《廣韻》，入聲，十七薛韻，；「苦葛」切《廣韻》，入聲，十二曷韻。

兆　　兆，兵列切。分也。

世豪謹案：《廣韻》，入聲，十七薛韻。

舄　　舄，七雀切。

世豪謹案：《廣韻》，入聲，十八藥韻。

醋　　醋，在各切。

世豪謹案：《廣韻》，入聲，十九鐸韻。

昔　　昔，私益切。

世豪謹案：《廣韻》，入聲，廿二昔韻。

亦　　亦，羊益切。

世豪謹案：《廣韻》，入聲，廿二昔韻。

易　　易，羊益切。

世豪謹案：《廣韻》，入聲，廿二昔韻。

或　　或，于逼切。

世豪謹案：《廣韻》，入聲，廿四職韻。

納　　納，奴荅切。

世豪謹案：《廣韻》，入聲，廿七合韻。

由上述可知，這種依四聲歸字的編輯體裁，與《干祿字書》、《佩觿》、《復古編》近似。附錄八十二字的編次先以平、上、去、入四聲分，每聲之下又依韻攝與 206 韻的順序而排，每韻之字也循開合等第而列，甚有層次。

第四節　《字通》訓詁體例

一、本文之訓詁

《字通》本文的訓詁說解，主要在說明 89 類中的篆字與楷字之構形從屬與辨析形、音、義，其中又有少數言避諱或注明闕疑者等，大抵尙可歸作八種類例，茲分別說明如下：

（一）訓解構形從屬之例

說明構形之從屬爲《字通》本文主要之說解，其中有「從此」與「如此作」兩個類例，是構成其推源系統的論述。

1、從　此

云「從此」者，是說明從屬之楷字具有可推本於篆文字頭形符或聲符結構的關係例如：

　　𠓛　入，人汁切。內也。象從上俱下也。亡字從此。

亡字結構爲「从入从乚」，故繫屬於「𠓛」篆之下，以示其形源，作推本之用。又如：

　　大　大，徒蓋切。天大地大人亦大，故大象人形。奇、亦等字從
　　　　此。

此乃說明「奇」、「亦」二字的結構具有從大之形，故繫屬於「大」篆之下。

2、如此作

云「如此作」者，則是每類所屬的楷字無法直接推本篆文字頭的義符或聲符結構，但是還原這些楷字的篆文構形，可發現這些篆文皆有與篆文字頭形近的部件，這些部件乃不成文的形符，例如：

　　𠙵　闕。牟字如此作。《說文》：牛鳴也。象其聲氣從口出。

「𠙵」篆爲牟字上象其聲气從口出之貌。又如：

二，而志切。地之數也。从偶。次、匀等字从此。於、太亦如
此作。

「於」字爲烏之古文省體，《說文》作「🐦」考其篆文，右下作「二」形，與
二字之篆文「二」相近；「太」字爲「泰」之古文，《說文》：「滑也。从廾从
水，大聲。🈂古文泰。」考其篆文，下作「二」形，與二字之篆文「二」相
近。

《說文》並未爲將這些不成文的形符進行形體上的系聯，但是《字通》卻
將這些不成文的形符析分出來，作爲楷字推源的依據之一。

（二）訓解字形之例

此處在辨析每類中之篆文字頭與繫屬楷字之形體，有說明隸變之形者，有
辨析俗體者，也有比較古文之形以及考論形體結構之省變者。

1、說明隸變

說明隸變後的楷體之構形，有解釋數個篆文字頭共同隸變作某形，例如
「上一點類」的「之」、「永」、「戶」、「良」、「齊」、「雍」之篆體皆無上一點
形，楷體則隸變作上一點之偏旁，故《字通》曰：「自之字以下六字，今書從
一點作。」〔註54〕而將此六字歸於該類。又如：

🈶 舜，舒閏切。艸也，蔓地連花。象形。从舛，隸變作舜。

則說明了單一個篆文字頭的隸變現象。

2、辨析俗體

此例如：

🈯 仌，筆夌切。凍也。象水凝之形。凌、冷等字从此。仌字當只
如此，作冰乃是凝，凝乃俗字。

此云「仌字當只如此，作冰乃是凝，凝乃俗字。」乃是辨似「仌」、「冰」有別，
「凝」字爲「冰」之俗體。又如：

🈺 柴，士佳切。小木散材。从木，此聲。徐鉉曰：師行野，次立
散木以爲區落，名曰柴籬。後人語譌轉入去聲，又別作寨，非

〔註54〕〔宋〕李從周：《字通》，頁 423。

是。今不知下筆附見於此。

此處引述徐鉉所注，認爲「柴」後人別出「寨」字，乃因字音譌別，而另造新字，辨似「柴寨」之正俗。

3、說明古文之形

此例如：

　　克　克，苦得切。肩也。象屋下刻木之形。古文作克，今書作克。

這裡說明了「克」字之古文與今書之形體演變。又如：

　　庰　庰，昌石切。卻屋也。从广，屰聲。今書作斥，斥，籀文庰。

「斥」字爲《說文》「厂」字之籀文，作「庰」：「山石之厓巖，人可居。象形。凡厂之屬皆从厂。庰籀文从干。」〔註55〕此處則舉證籀文之形，考辨了「庰」與「斥」的形體。

4、考論形體結構省變

此例如：

　　彥　彥，魚變切。美士，有文人所言也。从彣，厂聲。產字从此省。

「產」字《說文》：「生也。从生，彥省聲。」此處《字通》於「彥」篆之下，考論「產」字結構乃彥省聲。又如：

　　舂　舂，書容切。擣粟也。从収持杵臨臼上午杵省也。秦字从此省。

「秦」字《說文》：「伯益之後所封國，地宜禾。从禾，舂省。一曰：『秦，禾名。』」也是考論「秦」爲舂省之結構。

（三）訓解字義之例

在說解裡也有辨析從屬字之字義之訓詁，其中有論說二字同意者，有解釋轉借者，也有說解形源之意義者。

1、論說二字同意

此例如：

　　牽　牽，苦堅切。引前也。从牛象引牛之縻也，宀聲。寋字亦从引義。

〔註55〕〔漢〕許慎撰、〔宋〕徐鉉校訂：《說文解字》，頁193。

「疐」字《說文》：「礙不行也。从叀，引而止之也。叀者，如叀馬之鼻。从此與牽同意。」此處說明「牽」與「疐」皆有牽引之義。又如：

　　俎　俎，側呂切。禮俎也。从半，肉在且上，昔。从殘肉。與俎同
　　　　說。

「昔」字《說文》：「乾肉也。从殘肉，日以晞之，與俎同意。　籀文从肉。」此處乃解釋「俎」與「昔」二者在《說文》中有字義相同之說。

2、解釋轉借

此例如：

　　　　扇，馮貢切。古文鳳。今借作朋黨字，相承从二月。

《字通》解釋了「扇」字今已轉借作朋黨義使用的情形。又如：

　　　　古文烏，哀都切。象形。轉借為於字。

此處則說明「烏」之古文「於」今以轉借作於是之於的虛字意義。

3、說解形源意義

此例如：

　　一　注見上。篆文，具天地之義者多从此。

「一」篆《說文》：「惟初太始，道立於一，造分天地，化成萬物。凡一之屬皆从一。」依許慎之說，「一」乃天地化成之始，故《字通》認為凡作「一」結構者，皆句天地之義。考《字通》所舉之字「篆文具天地之義者」，其構形具有「一」劃，且含有天或地之義者有：

　　二　注見上。篆文，具天地之義者多从此。

　　王　王，雨方切。三者，天地人而參通之者，王也。李陽冰曰：中
　　　　畫近上，王者則天之義。

在這幾個例子當中，皆有此說，用於解釋形體源從「一」者之意義。

（四）訓解字音之例

《字通》的訓詁主要在辨析形體，所以對於義、音的考辨說解較少，但由於形音義乃文字之組成要素，所以在討論構形時還是會對於字音進行訓解，以明該字之結構。故訓解字音部分主要是注明切語以及考辨聲符結構。

1、注明切語

此例如：

奏，則候切。

舟，而琰切。

寇，苦候切。

《字通》在篆文字頭下，先作該篆文之楷定，然後便舉此字之切語。

2、考辨聲符結構

此例如：

鹵，見上。覃从鹹省聲。

「鹵」字《說文》：「西方鹹地也。从西省。象鹽形。安定有鹵縣。東方謂之㡿，西方謂之鹵。凡鹵之屬皆从鹵。」所從之「覃」字《說文》：「長味也。从㫚，鹹省聲。《詩》曰：『實覃實吁。』」說明其從「鹹」省聲聲符結構乃從「鹵」而來。又如：

庚，古行切。位四方。象秋時萬物庚庚有實也。《說文》古文兵作俵，从人収干，疑有庚聲。

此處利用兵之古文與庚字比較，考辨兵字古文疑有庚聲。

（五）避諱之例

此例有一，見：「眘 上諱。寡字从此。」此云：「上諱」，乃避南宋孝宗趙昚之諱，「昚」乃「慎」之古文，《說文》：「謹也。从心，眞聲。眘古文。」

（六）闕疑之例

1、闕

云闕者常為析分出的不成文形符，如：「巛 闕。巢、离等字如此作。皆是象形。」「巛」字《說文》沒有收錄，此篆應從某些具此篆構形之字所析分而來，「巢」字《說文》：「鳥在木上曰巢，在穴曰窠。从木。象形。凡巢之屬皆从巢。」考其篆文作「巢」，上三豎象木上之鳥巢，形近於「巛」；「离」字為「离」字古文，《說文》：「蟲也。从厹。象形。讀與偰同。离古文离。」考其古文之形則上也有三豎，與「巛」形近。故此條下云「巢、离等字如此作」，

則「⟨⟨⟨」乃從「巢」、「𡿼」二字之篆文中析分而出，因《說文》沒有立篆故無楷定也無說解可依，乃注明闕。

2、疑

云疑者則是考訂文字時，依結構而有疑者如：「兩（庚），古行切。位四方。象秋時萬物庚庚有實也。《說文》古文兵作㑞。从人双丬，疑有庚聲。」由於李從周考「兵」之古文結構與「庚」相近，故懷疑古文「兵」字从人，庚聲。又如：「丫（屮），見上。萑、乖、繭、茻等字从此。案节。从屮冂，母官切。疑滿从节聲。」認爲「滿」字可能從「节」聲。

（七）《說文》所無，附見之例

《字通》所論大抵依憑《說文》說字，但是由于其編輯乃在於歸整世俗之筆勢，對於一些古文之體或通行文字不見諸《說文》者，還是有存參解釋之必要，故此例乃在於補述《說文》所無之例，如：「十（十），是汁切。數之具也。一爲東西，｜爲南北。則四方中央備矣。博、協等字从此。古文甲字、在字亦如此作。《說文》所無更不登載，它做此。」說明「甲」、「在」字有作「十」之形。又如：「㫭（丹），都寒切。巴越之赤石也。象采丹井之象丹形。青、䏶等字从此。《漢書・賈誼傳》：『股紛分其離此𣬈兮。』顏師古注：『音班。从丹。』《說文》所不載而呂忱《字林》有之，姑附於此。」說明「股」字見諸傳注，且《字林》有錄，故附見注說。

（八）引書、通人之例

此處乃引用前人或前代金石碑刻書傳材料，來注說文字，大抵上引通人、書證較多，且多以二徐之說爲主，少部分則引用古文材料。

1、引書

此例如：

> ⇒ 闕。籀文殷字从此。肩字从⇒。潰山唐氏《篆韻》以爲⇒从反爪。

引述了一本《篆韻》之材料，來補充「肩」字之形體結構。又如：

> 秊 年，奴顚切。穀熟也。从禾，千聲。《春秋》書大有年，今書作年，不知下筆。

此處則引《春秋》宣公十六年「冬，大有季。」〔註56〕之記載，以呈現「季」
與「年」之古今異體。

2、引通人說

此例如：

> ⿰ 畄，側持切。東楚名缶曰畄。象形。盧、畚等字從此。《說文》
> 蕾，从艸从畄。徐鉉曰：當言从艸从㗊从田，田不耕則艸塞之
> 故。从㗊，音荒，若从畄則下有凵、缶字相亂。

此乃引用徐鉉之說，以輔此處文字之辨析。又如：

> ⿰ 丿，房密切。右戾也。象左引之形。徐鍇曰：其爲文舉首而申
> 體也。

這裡則引述了徐鍇對「丿」篆形體的解說。又如：

> ⿰ 主，乎光切。艸木妄生也。从之在土上，讀若皇。枉、往等字
> 从此。古文从之王，按封字从之从土从寸。徐鍇曰：各之其土
> 也。李陽冰以爲从古文㞷，古文㞷从屮一，疑當依籀文从土从
> 寸，屮省聲。蓋籀文作𡉻，从半从土也。

此例是《字通》引徐鉉校訂《說文》時舉李陽冰之說，辨析「主」、「㞷」等
之形體結構。

3、引古文材料

此例如：

> ⿰ 受，植酉切。相付也。从爪从舟省。秦璽文不省。

引用璽文來辨析字形。又如：

> ⿰ 長，直良切。久遠也。从兀从匕，亾聲。斤到亾也。秦金石刻
> 作𠙷，筆迹小異。髟、肆等字從此。

此處則引用金石文字來辨析形體筆迹。以上爲本文的訓詁說解體例，可以看出
其說解的重點在於文字形體結構的探討以及形體隸變的解釋。

〔註56〕〔清〕阮元編：《春秋左傳正義》，《十三經注疏》（台北：藝文印書館，2001 年 12
月），卷二十一至二十四，頁 410。

二、附錄之訓詁

　　觀察附錄的注解體例，較之本文的編輯方式：以篆文作字頭，注語先置該篆文之楷定，注音切，引《說文》釋字三個主要部份皆相同，而由於附錄之編輯已言明「總八十九部，六百又一文，蓋字書之大略也。其它則張謙中《復古編》最爲精詳矣。」非旨在作形構之辨析，而是要討論「或有字本如此而轉借它用，乃別爲新字，以行於世，《復古編》及《字通》尚未及之」的部份，所謂尚未及之的乃是語義所用字的標準。故附錄之性質與郭忠恕《佩觿》卷末所附辨證訛誤字及張有《復古編》在入聲以後附錄的六門辨證文字「聯緜字」、「形聲相類」、「形相類」、「聲相類」、「筆迹小異」、「上正下譌」相似。

　　從注語說明轉借之字與別作之新字的說解方式，概可歸納出一般之正例與變例，茲分述如下：

（一）正　例

　　注解正例分作六個層次，第一爲篆文字頭，第二爲篆文之楷定；第三爲該字之切語；第四爲引《說文》說該字之構形本義；第五則說今以爲某的轉借之義；第六則說代替本義的別出新字，並於下論辨是非。茲舉正例以爲參考：

　　邕，於容切。四方有水自邕城池者是也。从川邑。今以爲邕昧之邕，別作壅，非。

　　氏，都兮切。至也。从氏下箸一，一，地也。也。今以爲氏宿之氏，別作低，非。

　　雅，烏加切。楚烏也。从隹，牙聲。今以爲雅正之雅，別作鴉，非。

　　以上三例，皆呈現：

　　篆文──楷定──切語──引《說文》之構形本義──轉借之義──別出新字之關係。另外由於附錄旨在辨似字樣，所以在辨析文字過程中會存在一些有別於上述正例的注解，本文以正例六層次爲判別標準，依序分項舉例說明。

（二）變　例

1、注切語之變

（1）舉他人之切語

如：

華，戶瓜切。榮也。从艸，𦰩聲。朱翱作呼瓜切。今以爲麗華

之華，別作花，非。

另舉朱翱之切語，以說明曉母與匣母之分別。

（2）舉二切語

如：

何，乎哥、乎可二切。

並舉乎哥、乎可二切。又如：

渴，渠列、苦葛二切。

並舉渠列、苦葛二切。

2、引《說文》之變

（1）不引《說文》，直述字構

如：

之，止而切。古文作㞢，本象芝形。今以爲之出之之，《說文》

別出芝。

此條不引《說文》之說字，而直述之字之古文之構形。

（2）補述《說文》之說字

如：

縣，胡涓切。繫也。从系臬，臬，倒首也。

「縣」字《說文》：「繫也。从系持臬。」此條於《說文》之下再補述「臬」之

構形。

（3）說明《說文》本義之借義

如：

臧，則郎切。善也。从臣，戕聲。借作臧匿之臧，今以爲臧否

之臧，別作藏，非。

此條說明「臧」字已有借作「臧匿」之義。

（4）說明《說文》本義之同義

如：

府，方矩切。文書藏也。从广，付聲。藏、府同義。

此條說明「府」字《說文》訓「文書藏」與「藏」同義。

3、轉借義之變（字義辨似例）

此條見附錄第一條「頌」字：

頌，余封切。皃也。从頁，公聲。今以爲雅頌之頌。形容字乃
从容，容乃容受之容。

雅頌之頌，義爲形容，此條說明頌義从「容」字。又有說明轉借義之本來用字
者，如：

邪，以車切。琅邪郡名也。从邑，牙聲。今以爲邪正之邪，別
作琊，非，袤正从衣。

此條說明正邪之邪義應從衣部之「袤」。又如：

渴，渠列、苦葛二切。盡也。从水，曷聲。今以爲飢渴之渴，
飢渴之渴當作潡，別作竭，非，竭，負舉也。

此說明飢渴義之用字，當作从水之「潡」，而別出的「竭」字本身爲「負舉」之
義，故不當作「竭盡」義的用字。

4、別出新字之變

（1）《說文》已見別出者（重文例）

如：

底，戥雉切。柔石也。从厂，氐聲。今以爲底至之底，《說文》
別出砥字。

此條所舉爲《說文》「重文」之例，像「砥」爲「底」之重文，又如：

呂，力舉切。脊肉也。象形。昔太嶽爲禹心呂之臣，故封呂侯。
今以爲律呂之呂，《說文》別出篆文膂字。

「呂」之重文作「膂」。

（2）《說文》已有重文，又俗作者

如：

於，哀都切。孝鳥也。象形。孔子曰：「鳥肟呼也。」取其助

氣，故爲烏呼。今以爲於是之於，《說文》別出烏字，俗又作

鳴，非。

「於」字爲「烏」之重文，有「烏呼」之義，後俗又作「鳴」字。从口。

（3）《說文》正作者

如：

原　原，愚袁切。水原本也。正作灥。从三泉，厂下。

「原」在《說文》屬重文，此條說明「灥」乃《說文》領頭字，並以其爲正。
又如：

云　云，王分切。山川气也。象雲回轉形。今以爲云爲之云，《說

文》正作雲字。

「雲」在《說文》乃領頭字，故此條說明以「雲」爲《說文》之正。

（4）爲所引本字之別出字者（字義辨似例）

此例有四條，分作兩組：

但　但，徒旱切。裼也。从人，旦聲。今以爲徒但之但，別作袒，

非，袒見下。

「但」字之別出字爲「袒」，「袒」字又見下：

袒　袒，丈莧切。衣縫解。从衣，旦聲。今以爲袒裼之袒，別作綻，

非。

爲「但」之別出新字，用作「袒裼」義，本身「衣縫解」之義則又別出「綻」
字。另外又有：

酢　酢，倉故切。醶也。从酉，乍聲。今以爲醻酢之字，別作醋，

非，醋見下。

醋　醋，在各切。客酌主人也。从酉，昔聲。今以爲醋醶之醋，別

作酢非，酢見上。

「酢」與「醋」二字也存在字義辨似的問題。第一組「但」、「袒」二字的性質
屬於假借以後，後造新字以爲本字之用；第二組「酢」、「醋」二字的性質在假
借之後，並沒有另造新字代替本字，本義之承載仍爲本字。

以上爲附錄的注解體例，較之本文之說解，可以了解到本文著重在形體的

析分與推源，兼以辨析文字之形音義，而附錄則主要在補充本文所未論及的字樣標準。